literatura

Sir Thomas Malory

O Rei Artur
e os cavaleiros da Távola Redonda

Tradução e adaptação em português de
Ana Maria Machado

Ilustrações de
Sérgio Niculitcheff

editora scipione

Gerência editorial
Sâmia Rios

Edição
Maria Cristina Carletti

Assistência editorial
Suely Mendes Brazão

Preparação
Márcia Copola

Revisão
Célia Maria Delmont de Andrade,
Célia Tavares, Thelma Annes de Araújo e
Amanda di Santis

Programação visual de capa
Didier Dias de Moraes

Editoração eletrônica de capa
Wladimir Senise

Diagramação
Rafael Vianna

editora scipione

Av. Otaviano Alves de Lima, 4400
Freguesia do Ó
CEP 02909-900 – São Paulo – SP

ATENDIMENTO AO CLIENTE
Tel.: 4003-3061

www.scipione.com.br
e-mail: atendimento@scipione.com.br

2023
ISBN 978-85-262-4197-8 – AL
ISBN 978-85-262-4198-5 – PR
Cód. do livro CL: 734811
13.ª EDIÇÃO
29.ª impressão
Impressão e acabamento
Gráfica Paym

Traduzido e adaptado de *Le Morte d'Arthur*, de Sir Thomas Malory. New York: Heritage Press, 1955.

Dados Internacionais de Catalogação na Publicação (CIP)
(Câmara Brasileira do Livro, SP, Brasil)

Malory, Sir Thomas, c. 1408-1471.

O Rei Artur e os cavaleiros da Távola Redonda / Thomas Malory; adaptação em português de Ana Maria Machado. – São Paulo: Scipione, 1997. (Série Reencontro literatura)

1. Literatura infantojuvenil I. Machado, Ana Maria, 1942-. II. Título. III. Série.

96-5307   CDD-028.5

Índices para catálogo sistemático:
1. Literatura infantojuvenil 028.5
2. Literatura juvenil 028.5

• ● •

Ao comprar um livro, você remunera e reconhece o trabalho do autor e de muitos outros profissionais envolvidos na produção e comercialização das obras: editores, revisores, diagramadores, ilustradores, gráficos, divulgadores, distribuidores, livreiros, entre outros.
Ajude-nos a combater a cópia ilegal! Ela gera desemprego, prejudica a difusão da cultura e encarece os livros que você compra.

• ● •

RENCONTRO literatura
Roteiro de Trabalho

editora scipione

O Rei Artur e os cavaleiros da Távola Redonda

Sir Thomas Malory • Adaptação de Ana Maria Machado

Filho do Rei Uther Pendragon e da duquesa de Tintagil, Artur ficou sob a proteção do mago Merlin e foi criado pelo nobre Sir Ector, sem saber de sua verdadeira origem. A morte do soberano desencadeou a disputa pelo trono. Mais tarde, surgiu em Londres uma espada encravada numa pedra. Quem conseguisse retirá-la herdaria a coroa.

OS PERSONAGENS

1. Relacione os personagens às suas descrições ou aos fatos a eles relacionados.

(a) Mordred
(b) Galahad
(c) Gawaine
(d) Rei Pelles
(e) Morgana
(f) Margawse
(g) Merlin

( ) Fada poderosa, irmã de Artur e esposa do Rei Uriens de Gore.
( ) Descendente de José de Animateia. Seu neto estava destinado a encontrar o Santo Graal.
( ) Irmã de Artur, esposa do Rei Lot e mãe de Mordred.
( ) Filho do Cavaleiro do Lago, foi o único a ocupar a Cadeira Proibida.
( ) Filho de Artur, usurpou o trono e foi responsável pela morte do rei.
( ) Mago que ajudou Artur desde o seu nascimento.
( ) Sobrinho de Artur, perseguiu Sir Lancelote para vingar a morte dos irmãos.

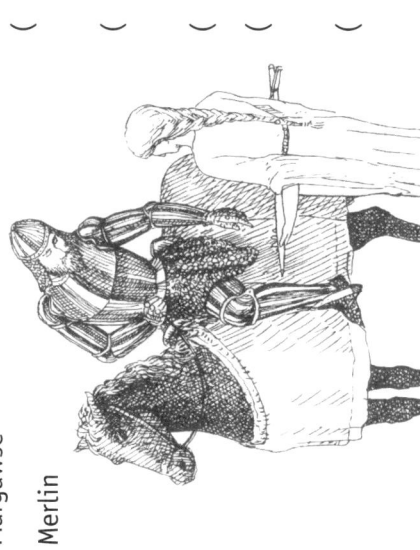

Este encarte é parte integrante do livro *O Rei Artur e os cavaleiros da Távola Redonda*, da Editora Scipione. Não pode ser vendido separadamente.

SUMÁRIO

Quem foi Malory? 5
Primeira Parte – O Rei Artur
   Capítulo 1 – O Mago Merlin...................... 9
   Capítulo 2 – Artur é coroado rei................... 13
   Capítulo 3 – O Cavaleiro da Fonte................. 20
   Capítulo 4 – A Távola Redonda 26
   Capítulo 5 – O Cavaleiro das Duas Espadas.......... 29
   Capítulo 6 – A traição da Fada Morgana 31
   Capítulo 7 – Artur recupera Excalibur 36
Segunda Parte – Lancelote do Lago
   Capítulo 8 – As quatro rainhas.................... 39
   Capítulo 9 – A Cadeira Perigosa 44
Terceira Parte – A procura do Santo Graal
   Capítulo 10 – A partida.......................... 52
   Capítulo 11 – O escudo branco 55
   Capítulo 12 – A luz na capela..................... 57
   Capítulo 13 – O encontro do Santo Graal 61
Quarta Parte – A morte de Artur
   Capítulo 14 – Sir Lancelote parte.................. 65
   Capítulo 15 – Sir Gawaine se vinga 70
   Capítulo 16 – A última batalha 73
Quem foi Artur?.................................. 78
Quem é Ana Maria Machado? 80

QUEM FOI MALORY?

Se Thomas Malory tivesse vivido no tempo dos Cavaleiros da Távola Redonda, teria sido justiçado por um deles. Mas Malory viveu no século XV, quando as instituições já eram sólidas o bastante para que não fosse preciso fazer justiça com as próprias mãos.

Embora não existam documentos que o comprovem, é quase certo que Malory passou longos períodos na cadeia, cumprindo pena por estupro, assalto a conventos e roubo de cavalos. No entanto, ele pertencia a uma família aristocrática inglesa e chegou a ser membro do Parlamento. No fim da vida lutou na Guerra das Duas Rosas – a guerra civil inglesa –, até cair prisioneiro. Nessa ocasião, seu companheiro de cela foi um nobre que possuíra uma vasta biblioteca de obras sobre o Rei Artur. Talvez por influência do companheiro, ou orientado por ele, Malory escreveu a sua própria versão a respeito do mais famoso herói da Inglaterra – *A morte de Artur*.

Malory morreu em 1471, sem ter sido libertado. Seu texto, publicado quatorze anos depois, foi um dos primeiros livros impressos na Inglaterra e é considerado a mais importante narrativa do ciclo arturiano (nome que se dá ao conjunto da literatura relativa ao Rei Artur).

Quem foram os autores das outras versões, a partir das quais Malory criou *A morte de Artur*?

Desde o século V os mosteiros tinham, além dos atributos religiosos, as funções de guardiães do saber. Não existiam escolas ou bibliotecas públicas como hoje conhecemos; nos claustros se transmitia a cultura e os livros eram guardados e copiados. Junto aos textos religiosos se conservavam os romances épicos gregos, que os monges traduziam para o latim. Os clássicos gregos, com seus enredos cheios de aventuras, eram muito apreciados como literatura profana. Por volta do ano 1100, a partir dos relatos heroicos da primeira cruzada, os temas das antigas epopeias clássicas passaram a ser adaptados para dar lugar aos feitos maravilhosos dos cavaleiros cristãos que libertariam Jerusalém dos infiéis.

Movido por esse espírito, no começo do século XII, um bispo inglês de origem normanda, chamado Geoffrey de Monmouth, recolheu histórias da tradição oral dos bretões (ver pág. 78) e compôs, em latim, a *História dos reis da Bretanha*. São 99 os reis descritos e Artur teria sido o 91º e o mais destacado de todos.

Em 1154 Wace de Jersey, um poeta normando, fez a versão para o francês da *História* de Geoffrey, intitulando-a *Gesta dos bretões*. Wace acrescentou alguns elementos à biografia do famoso rei, como a Távola Redonda – a mesa em torno da qual se reúnem os Cavaleiros –, e o dia milagroso em que Artur voltará de Avalon para governar novamente a Bretanha.

Cinquenta anos depois, baseando-se na obra de Wace, o Padre Layamon, de Worcester, escreveu uma história da Inglaterra, também em versos. Surgem pela primeira vez, na sua versão, as rainhas que levarão o rei mortalmente ferido para a Ilha de Avalon, e ainda outros detalhes das tradições bretã e normanda.

Nessa mesma época um outro poeta, Chrétien de Troyes, fazia sucesso na corte francesa.

Chrétien escreveu cinco romances sobre os personagens da Távola Redonda e introduziu, na sua concepção, a cidade e o castelo de Camelot. Morreu antes de concluir seu último trabalho: *O conto do Graal*. O Graal teria sido o cálice usado por Jesus na última ceia e conteria ainda gotas do sangue que Cristo verteu na cruz.

Robert de Boron, no final do século XII, desenvolveu o tema do Cálice Sagrado a partir do romance inacabado de Chrétien, ligando-o à tradição arturiana.

Desde então, e por mais quatrocentos anos, foram feitas inúmeras traduções para outras línguas além do latim, francês e inglês, e cada país da Europa acrescentou suas próprias lendas às aventuras do Rei Artur e seus cavaleiros.

A invenção da imprensa tipográfica, por volta de 1440, contribuiu para a divulgação rápida e em larga escala das novelas de cavalaria (antes disso, cada livro era copiado à mão).

Como as novelas de televisão de hoje em dia, esse gênero de literatura, a que chamamos *romance cortês*, teve grande êxito e, se por um lado refletia o modo de vida dos nobres em seus castelos, por outro influenciava o comportamento dos leitores. Assim, por exemplo, a obediência cega do homem a todas as ordens da sua amada – o "amor cavalheiresco" – tornou-se um ideal. E, como ocorre entre Lancelote e a Rainha Guinever, o apaixonado nunca é o marido. Isso é fácil de ser compreendido numa época em que os nobres se casavam por conveniências políticas e sociais, e não por amor.

No final do século XVI o escritor espanhol Cervantes satirizou essa verdadeira mania dos romances de cavalaria, ao criar o célebre personagem que enlouquece por excesso de leitura de tais narrativas – D. Quixote. O sucesso da obra-prima de Cervantes, na literatura, e o fim do feudalismo, na política e na economia, marcaram a morte das novelas de cavalaria e o início dos tempos modernos.

Primeira parte
O Rei Artur

Capítulo 1
O Mago Merlin

Há muitos e muitos anos, quando Uther Pendragon era rei de toda a Inglaterra, o país ainda estava dividido em muitos feudos e outras terras fortificadas, cujos senhores muitas vezes travavam guerras entre si. Dentre os que não acatavam a autoridade real estava o Duque de Tintagil, da Cornualha. Uther Pendragon fez-lhe uma proposta de paz, e o duque veio até o seu castelo para acertar os detalhes desse acordo. Levou consigo sua mulher, Igraine, que era muito bonita. Tão bonita que o rei se apaixonou por ela.

Antes que as negociações chegassem a um bom termo, o Duque de Tintagil notou a paixão de Uther por Igraine e, temendo enfrentar os cavaleiros do rei pela honra de sua mulher, resolveu partir com seus homens e Igraine. Quando o Rei Uther soube da partida repentina do duque e da esposa, enfureceu-se e enviou mensageiros chamando-o de volta, dessa vez, sob grande ameaça: a negativa do duque deflagraria a guerra.

Ao receber a resposta de que o duque estava se preparando para resistir, o rei ficou completamente irado. Com seu grande exército sitiou o castelo de Tintagil. Travou-se assim uma batalha feroz em que muitos morreram de ambos os lados.

A resistência do duque e a impossibilidade de possuir Igraine aumentaram a ira de Uther Pendragon, que acabou adoecendo de raiva e de paixão. Então, um de seus soldados partiu em busca de Merlin, o único homem que poderia acabar com a dor que afligia o coração do rei.

O Mago Merlin conhecia mistérios do céu e da terra, da vida e da morte, dos homens e dos deuses. Alguns o chamavam de feiticeiro; outros achavam que ele era um santo. Todos, porém, o reconheciam como um dos homens mais sábios desde tempos imemoriais. Por isso o soberano mandou procurá-lo. Merlin não tinha endereço certo. Dizia-se que vivia no meio das neblinas de Avalon, uma ilha no meio de um lago, que abrigava um reino misterioso. Era o antigo País das Fadas, uma região tão indefinida que suas fronteiras apareciam e desapareciam, recuando para mais longe à medida que a Inglaterra ia consolidando seu reino.

Mas não era preciso ir até Avalon para achar Merlin: ele costumava aparecer nos lugares mais inesperados e, muitas vezes, disfarçado. Dessa vez o cavaleiro encarregado de encontrá-lo deparou com um velho mendigo, que lhe perguntou:

– Quem procurais?

– Não é da tua conta – respondeu o cavaleiro.

– É, sim – disse o velho. – Vós procurais Merlin, que sou eu. E se o rei jurar que me dará a recompensa que eu pedir, vou fazer o que Vossa Majestade deseja. Voltai para dizer isso a ele e avisai que não demoro.

Assim foi feito. O cavaleiro levou a mensagem a Uther Pendragon e, pouco depois, Merlin chegou ao palácio.

– Meu senhor, sei o que se passa em vosso coração e posso prever o que vai acontecer. Ajudarei Vossa Majestade a ter Igraine, se prometerdes cumprir meu desejo: na noite em que deitardes com a duquesa, ela conceberá um filho que deverá ser-me entregue assim que nascer para que eu o crie e eduque.

Não foi difícil ao rei jurar a Merlin que assim seria feito, pois seu amor por Igraine era imenso.

– Pois então preparai-vos – prosseguiu Merlin. – Porque esta noite o Duque da Cornualha tombará numa batalha e, antes que a notícia se espalhe, iremos ao castelo onde está a duquesa; por artes de encantamento tereis o aspecto e as feições do duque e eu, as feições de seu mais fiel cavaleiro. Ninguém nos reconhecerá, nem mesmo Igraine, que se deitará com Vossa Majestade sem resistir.

Tudo aconteceu exatamente como ele dissera. E assim que Pendragon e Merlin, disfarçados e irreconhecíveis, saíram do castelo de Tintagil em plena madrugada, chegaram os mensageiros com a informação de que o duque havia falecido muitas horas antes. Naturalmente, a duquesa ficou espantadíssima por ter passado a noite com seu marido quando ele já estava morto. Mas não disse nada a ninguém e cobriu-se de luto como convinha a uma viúva.

Após algumas semanas, Igraine descobriu que estava grávida. Por isso, logo em seguida, quando recebeu uma proposta de casamento do rei da Inglaterra, concordou muito satisfeita: seria rainha e teria um pai para seu filho.

No dia de seu casamento com o rei foram celebradas também as núpcias de suas duas filhas: Margawse, com o Rei Lot, e Morgana, poderosa fada, com o Rei Uriens de Gore.

Como não queria esconder nada de Uther, a rainha sentiu-se obrigada a contar-lhe sobre o cavaleiro misterioso que a visitara na noite em que o duque morrera. Satisfeito com a sinceridade dela, o rei confessou que fora ele o estranho visitante.

Igraine ficou aliviada e feliz ao saber que o pai do filho que esperava era o próprio rei. Ele então mencionou a promessa feita a Merlin, mas ela não deu maior importância a isso. Porém, pouco depois, o velho mago veio ao castelo de Pendragon explicar os seus planos.

– Senhor – disse ele –, a criança que a rainha espera será um menino e um grande rei. Será necessário educá-lo para ser o maior soberano de nossa história.

Uther Pendragon também se preocupava com isso e temia pelo destino da criança. Sabia que, se ele morresse, o filho correria um grande perigo, pois todos os seus inimigos tentariam eliminar o herdeiro do trono.

– Merlin, faze como achares melhor. Seguirei todos os teus conselhos. Quero que meu filho seja bem educado para suas funções, mas antes de tudo quero que sua vida seja protegida – respondeu o rei.

O sábio já tinha planejado tudo:

– Quando a criança nascer, virei buscá-la. Ninguém saberá onde o menino está, para a própria segurança dele. Apenas vós e eu. Um dos nobres desta terra, Sir Ector, é um homem bondoso, valente e justo, merecedor de toda confiança. A mulher dele vai ter um bebê na mesma época que a rainha e poderá amamentar o herdeiro do trono. Eu o levarei para Sir Ector, que tem propriedades na Inglaterra e em Gales. Nós o batizaremos com o nome de Artur. E o criaremos com carinho, em segurança, para que ele possa ser, um dia, um grande rei, digno de continuar vosso reinado.

Tudo foi feito de acordo com o combinado. O rei e a rainha ficaram tristes por se separar do filho, mas sabiam que era pelo bem de todos. Enquanto mãe, a bela Igraine sentiu uma grande dor, mas, como ela mesma era descendente das fadas e da gente de Avalon, sabia, mais do que ninguém, que seu filho jamais poderia ter um mestre melhor do que Merlin, sábio entre os sábios.

Assim, o pequenino Artur foi levado do castelo, enrolado num pano tecido com fios de ouro e entregue a um mendigo que esperava junto à porta dos fundos – o próprio Merlin. E nas terras de Sir Ector ele cresceu, desconhecendo sua origem e o destino que estava à sua espera.

Capítulo 2
Artur é coroado rei

Dois anos depois do nascimento de Artur, o Rei Uther Pendragon adoeceu gravemente e teve de ficar acamado por muito tempo. Os inimigos aproveitaram a ocasião para invadir suas terras, matando muitos de seus homens e causando grandes tumultos.

– Senhor – aconselhou Merlin –, sem o vosso comando, nossos exércitos não serão vitoriosos. Mesmo que seja numa liteira levada por cavalos, Vossa Majestade deve ir ao campo de batalha.

O conselho foi seguido e o rei foi transportado à frente de suas tropas. Sua simples presença deu novo ânimo aos soldados, que lutaram com muito mais disposição, vencendo os inimigos que ameaçavam o Norte do país.

Uther voltou a Londres; a cidade rejubilava-se com a vitória obtida. Mas o esforço tinha sido grande demais para quem estava tão doente; durante três dias e três noites ele não conseguiu nem mesmo falar.

Preocupados, os nobres se reuniram e consultaram Merlin.

– Não há nada a fazer, a não ser deixar que se cumpra a vontade de Deus – disse o sábio. – Mas já que estamos todos reunidos, podemos perguntar ao nosso soberano sobre o futuro do reino.

E, na presença de todos os nobres, Uther Pendragon declarou bem alto, para que todos ouvissem:

– Que Deus abençoe meu filho Artur como eu o abençoo, para que ele possa rezar por minha alma e herdar minha coroa. Dele será o trono da Inglaterra, e quando for chegada a hora vós sabereis reconhecer o verdadeiro descendente de Uther Pendragon, único herdeiro de toda a Inglaterra.

Depois de dizer isso, entregou sua alma a Deus.

Durante muitos anos, após a morte de Uther, o caos dominou o país. Os senhores disputavam o poder e mediam suas forças em sucessivos combates, nos quais milhares de homens perdiam a vida. Até que um dia Merlin procurou o Arcebispo de Canterbury aconselhando-o a convocar todos os nobres do reino para virem a Londres por ocasião do Natal, pois Jesus, que nascera naquela noite, iria fazer um milagre e mostrar quem devia ser o novo rei.

Vieram todos. E estavam ainda reunidos na maior igreja da cidade, quando, depois de feitas as primeiras orações e celebrada a primeira missa, viram diante da entrada do templo uma grande pedra quadrada, como um bloco de mármore. No meio dela havia uma espécie de bigorna de aço onde estava cravada uma belíssima espada nua. Ao seu redor podiam ser lidas as seguintes palavras, gravadas em letras de ouro: *Aquele que conseguir tirar esta espada desta pedra e da bigorna é o legítimo rei da Inglaterra.*

Merlin, sabendo que finalmente chegara o momento, trouxera de Avalon a espada mágica, que só poderia ser desencravada da pedra pelo cavaleiro invencível, capaz de unificar todos os reinos da Inglaterra e liderar com justiça.

Todos se maravilharam, dispostos a enfrentar o desafio, mas o arcebispo recomendou que ficassem dentro da igreja, pois ninguém deveria tocar na espada antes da celebração da missa solene.

Muitos nobres se habilitaram a arrancar a espada porque ambicionavam o trono. Nenhum deles, porém, conseguiu movê-la um milímetro.

– Ainda não está aqui o homem que vai conseguir a espada – disse o arcebispo. – Mas, sem dúvida, Deus vai fazê-lo chegar. Vamos escolher dez grandes cavaleiros para montar guarda à espada.

Assim foi feito. Proclamou-se, então, por todo o reino, que haveria um grande torneio no dia de Ano-Novo, quando muitos cavaleiros se enfrentariam na justa – uma luta em que os combatentes, montados em cavalos e vestindo elmo e armadura, procuram derrubar um ao outro através de golpes de lança. Os campeões desse torneio é que obteriam o direito de tentar arrancar a espada da bigorna de aço.

Sir Ector, que tinha terras perto de Londres, para lá se dirigiu, acompanhado de seu filho, Sir Kay, e do jovem Artur. Este seria o primeiro torneio de Sir Kay. Porém, no caminho, constatando que havia esquecido a espada em casa, pediu ao irmão, que lhe servia de escudeiro, que fosse buscá-la. Quando Artur lá voltou, verificou que todos tinham ido à festa, portanto não havia ninguém que pudesse lhe dizer onde estava guardada a espada.

– Meu irmão não pode ficar sem espada num dia como este! – disse ele. – Vou pegar aquela que está cravada na pedra em frente à igreja...

Ao chegar diante do templo, Artur apeou do cavalo e, notando que os guardas não estavam ali porque tinham ido às justas, dirigiu-se para a pedra com a bigorna. Puxou a espada, que saiu com facilidade. Montando novamente foi ao encontro de Sir Kay, a quem entregou a arma.

Tão logo Sir Kay viu a espada, percebeu, surpreso, que era a mesma da pedra. Dirigiu-se a Sir Ector, muito pálido:

– Pai, aqui está a espada da pedra! Quer dizer que eu devo ser o rei desta terra!...

Reconhecendo a espada, o nobre tomou-a e rumou, nervoso, para a igreja, seguido pelos jovens. Lá, os três se ajoelharam e o pai exigiu que Sir Kay contasse, sob juramento, como tinha conseguido a espada.

– Foi Artur quem me deu.

– E como é que ela foi parar nas tuas mãos, Artur? – perguntou Sir Ector ao seu filho adotivo.

O rapaz contou como tudo acontecera.

– Então tu deves ser o rei desta terra – concluiu Sir Ector.

– É essa a vontade de Deus.

– Mas por quê? – Artur não compreendia o que estava acontecendo.

O cavaleiro, porém, explicou que apenas o legítimo rei poderia tirar a espada da pedra. Voltaram ao adro da igreja e cravaram novamente a arma na bigorna. Sir Ector tentou puxá-la, sem nada conseguir. Em seguida, foi a vez do seu filho, que empregou muita força, mas foi igualmente malsucedido.

– Agora tenta, Artur – ordenou Sir Ector.

Com a maior facilidade, a espada deslizou de dentro da bigorna para as mãos de Artur. Imediatamente, os dois se ajoelharam diante dele.

– Não façais isso! – exclamou o rapaz. – Meu pai e meu irmão de joelhos diante de mim! Por quê?

Sir Ector revelou-lhe então que não eram do mesmo sangue; Merlin o trouxera havia muitos anos. Ele e sua mulher tinham-no criado como se fosse seu próprio filho, ignorando sua ascendência, mas agora constatava que Artur era de origem muito mais nobre do que supunha, e devia ser rei.

O jovem Artur, mesmo decepcionado por saber que não era filho de Sir Ector, a quem tanto amava, disse:

– Senhor, a ninguém devo tanto no mundo como a vós e à vossa esposa. Que Deus vos abençoe para sempre. E se a vontade de Deus é mesmo que eu seja rei, como dizeis, podeis me pedir o que quiserdes; eu vos atenderei.

Sir Ector pediu então para Sir Kay o cargo de senescal – governador-geral – do reino. Artur concordou e, em seguida, foram relatar ao arcebispo tudo o que tinha ocorrido.

No Dia de Reis, foram convocados todos os barões e outros nobres na frente da igreja, para que mais uma vez tentassem arrancar a espada da bigorna. Como antes, Artur retirou-a com facilidade. Muitos cavaleiros, entretanto, ficaram aborrecidos. Como um garoto, um rapazinho tão moço e nem ao menos de sangue real, poderia governá-los? E adiaram qualquer decisão até a festa da Candelária, no dia dois de fevereiro.

Nessa data, Artur repetiu seu feito, sendo o único a conseguir tirar a espada. Contrariados, os nobres tornaram a adiar a decisão, dessa vez para a Páscoa. E na Páscoa, quando novamente Artur foi o único vencedor da prova, os cavaleiros propuseram que a decisão ficasse para o dia de Pentecostes.

Ao perceber que essa situação se prolongaria indefinidamente, Merlin aconselhou o Arcebispo de Canterbury a convocar os melhores cavaleiros que tivessem sido súditos leais do Rei Uther Pendragon para formar uma guarda pessoal para Artur. A escolha foi integrada por Sir Baudwin da Bretanha, Sir Kay, Sir Ulfius e Sir Brastias, que se ocuparam dia e noite da segurança do jovem, até a festa de Pentecostes.

Finalmente, quando esse dia chegou, os mais valorosos nobres tentaram, em vão, puxar a espada da bigorna. Mas dessa vez o povo estava presente, assistindo a tudo. E quando Artur retirou a espada com facilidade, a multidão gritou, cheia de emoção:

– Queremos Artur para nosso rei! Chega de esperar! É a vontade de Deus! Queremos Artur! Vamos matar quem se opuser!

Diante disso, todos, ricos e pobres, se ajoelharam perante Artur. Os que haviam hesitado em aceitá-lo como soberano pediram perdão, e foram perdoados. Emocionado, o Arcebispo de Canterbury abençoou Artur e a sua espada.

Ali mesmo foi armado cavaleiro pelo mais nobre entre os nobres presentes, e imediatamente coroado. Em seguida, jurou solenemente que seria um rei honrado e fiel à sua gente e que governaria com justiça até o final de seus dias.

Iniciaram-se, então, os preparativos para a grande festa em comemoração à coroação de Artur, que se retirou para Gales; ali aguardaria a vinda de todos os reis em reconhecimento ao seu legítimo direito ao trono de Uther Pendragon.

E chegaram muitos, acompanhados de centenas de seus cavaleiros, como o Rei Lot de Lothian e de Orkney, o Rei Uriens de Gore, o Rei Neutres de Garlot, o jovem rei da Escócia, o rei de Carados e o chamado Rei de Cem Cavaleiros. Artur sentia-se imensamente honrado com a presença de senhores tão importantes e enviou-lhes mensageiros levando suas congratulações e oferecendo sua hospitalidade.

Entretanto, esses reis não estavam lá para honrá-lo ou desfrutar de sua hospitalidade; na verdade não reconheciam um menino de sangue inferior como soberano e acreditavam em suas espadas para corrigir esse erro. Essa foi a resposta trazida pelos mensageiros de Artur.

Foi então que Merlin surgiu entre os reis. Indagaram dele, que tudo sabia, por que um menino como Artur fora coroado rei.

– Senhores – disse Merlin –, eu vos digo, Artur é o filho de Uther Pendragon e Igraine, a Duquesa de Tintagil.

– Pois então é um bastardo! – indignaram-se os reis.

– Estais enganados e eu sou testemunha de que ele foi concebido horas após a morte do duque e legitimado, dias depois, pelo casamento do Rei Uther com Igraine. E digo mais, Artur será o rei e dominará a Irlanda, Gales, Escócia e muitos reinos que não vos direi agora.

Alguns se intimidaram com as palavras de Merlin e muitos zombaram dele chamando-o de velho bruxo; mas todos concordaram em receber Artur, garantindo-lhe salvo-conduto.

O Rei Artur veio até eles acompanhado de alguns de seus fiéis cavaleiros, como seu irmão Sir Kay e o Arcebispo de Canterbury. De nada, porém, valeu o encontro; as palavras trocadas entre eles foram ásperas e arrogantes. Nem as tentativas de Merlin em desencorajá-los de lutar contra o Rei Artur dissuadiram os reis. Então Merlin dirigiu-se a Artur, que já se encontrava cercado pelos melhores cavaleiros do reino e de outros que o apoiavam, e disse:

– Não luteis com a espada que tirastes da pedra. Somente quando as coisas estiverem muito mal devereis desembainhar a milagrosa Excalibur. Assim conhecereis o poder da vossa espada depois de terdes demonstrado o vosso valor.

Já na primeira guerra em que se viu envolvido, Artur fez todos se admirarem dos seus esforços e destreza. Mas somente quando o rei empunhou Excalibur os inimigos cederam, abandonando nos campos os corpos de seus mortos.

E ao lado de seus aliados, Rei Ban e Rei Bors – dois irmãos e cavaleiros leais –, Artur enfrentou e subjugou todos os reis que o desafiaram.

Todas essas campanhas e batalhas foram amadurecendo Artur, consolidaram seu poder e tornaram seu nome respeitado, pela decisão e valentia demonstradas nas lutas, pela sabedoria e generosidade comprovadas nos acordos de paz firmados.

Um de seus últimos inimigos era o Rei Lot, marido de sua meia-irmã Margawse, parentesco, aliás, que só era do conhecimento de Merlin. Certa vez, a pretexto de levar uma mensagem do Rei Lot de Orkney, Margawse foi enviada à corte de Artur com uma grande comitiva mais seus quatro filhos, Gawaine, Gaheris, Gareth e Agravaine, com o verdadeiro intuito de espionar o reino para seu marido. Como Margawse era uma dama de extraordinária beleza, o Rei Artur sentiu-se imediatamente fascinado. E ambos, desconhecendo seu estreito parentesco, cederam a essa paixão fulminante. Dessa ligação nasceria mais tarde Mordred, o inimigo mortal do Rei Artur – como será contado em seu tempo.

Capítulo 3
O Cavaleiro da Fonte

Um dia, chegou à corte a notícia de que um cavaleiro havia armado sua tenda, um pavilhão muito luxuoso, ao lado de uma fonte na floresta ali perto. E não deixava ninguém passar sem enfrentá-lo em combate, já tendo ferido vários homens.

Um jovem escudeiro chamado Griflet apresentou-se e pediu:

— Majestade, por favor, ordenai-me cavaleiro, pois quero combater esse assassino.

Todos julgaram que aquilo seria uma loucura; ele ainda era tão jovem e tão frágil... Merlin ponderou que seria uma pena perder Griflet, destinado a ser um homem sempre leal e um guerreiro valoroso quando amadurecesse. Artur, no entanto, entendeu que era desse modo que um cavaleiro amadurecia e, atendendo ao apelo do jovem, armou-o. Mas pediu-lhe que, tão logo acabasse a luta, voltasse para a corte, sem se envolver em outros combates.

O recém-ordenado Sir Griflet partiu, depois de prometer fazer a vontade do rei. Logo encontrou o Cavaleiro da Fonte e o desafiou. Este procurou dissuadir seu adversário, dizendo-lhe ser muito mais forte e experiente. Entretanto, Griflet estava decidido, e a contenda teve início. Em pouco tempo, o jovem teve sua lança quebrada; em seguida, foi ferido profundamente e jogado ao solo, desacordado.

O Cavaleiro da Fonte entristeceu-se, pois julgou que seu adversário, tão corajoso e tão bom cavaleiro, tivesse morrido. Ao se aproximar de Griflet, percebeu que se enganara. Tirou-lhe o elmo para que ele respirasse melhor, ajeitou-o em cima do cavalo e enviou-o de volta à corte, dizendo:

— Desejo que te recuperes logo. És muito valente e tenho certeza de que, se sobreviveres, hás de ser um dos mais notáveis cavaleiros do reino.

Quando Sir Griflet chegou, em tão más condições, todos no castelo ficaram muito tristes e empenharam-se, com sucesso, em salvar-lhe a vida. Entretanto, o Rei Artur resolveu enfrentar pessoalmente o petulante Cavaleiro da Fonte. Ordenou a um criado que preparasse seu cavalo e suas armas e saiu de madrugada em direção ao pavilhão do inimigo, cavalgando sem pressa até o dia clarear.

Então viu Merlin, que estava sendo perseguido por três bandidos. Avançou sobre eles, gritando:

— Sumam-se, miseráveis!

Os três fugiram assustadíssimos.

– Oh, Merlin – disse Artur –, se não fosse por mim, terias sido assassinado aqui e agora, apesar das tuas habilidades!

– Não, não é assim. Se eu quisesse, poderia me salvar. Mas, senhor, se Deus não vos ajudar, quem caminha para a morte sois vós...

Enquanto falavam, caminhavam em direção à fonte e logo encontraram o pavilhão do cavaleiro, que lá estava, armado da cabeça aos pés. O rei o desafiou e logo começaram a lutar, enfrentando-se com tanta fúria que em poucos minutos as suas lanças estavam partidas. O rei fez menção de pegar sua espada, mas seu adversário disse:

– Não! Vós sois o melhor justador que já conheci; pelo amor da Alta Ordem da Cavalaria, vamos justar novamente. Meu escudeiro nos trará outras lanças.

Mais uma vez se defrontaram. O cavaleiro desferiu um golpe tão violento no escudo de Artur, que este e seu cavalo caíram, quebrando-se outra lança. Novamente o rei puxou a espada para enfrentar o inimigo, que agora vinha em sua direção a pé, para enfrentar seu adversário dignamente, em igualdade de condições.

A nova fase da luta foi ainda mais violenta, e o chão foi se manchando de salpicos do sangue dos lutadores. Quando ficavam muito cansados, paravam um pouco para repousar, logo retomando o combate. Finalmente, quando Artur já estava muito ferido, eles se chocaram, e um golpe mais violento do maior cavaleiro entre todos fez partir a sua espada, que foi cair em pedaços no lago formado pela nascente ao lado do pavilhão do cavaleiro. Nesse momento, disse o Cavaleiro da Fonte:

– Tua vida está em minhas mãos. É melhor que te rendas e te reconheças vencido e covarde; se não, morrerás.

– Nunca! – exclamou Artur. – Quando a morte vier, será bem-vinda. Mas nunca me declararei um covarde! – E saltou sobre o adversário, arrancando-lhe o elmo e derrubando-o ao chão.

Apesar da surpresa pelo ataque inesperado, sendo o maior e o mais forte, o Cavaleiro da Fonte conseguiu dominar Artur e também lhe arrancar o elmo. Já se preparava para esmagar a cabeça do rei quando Merlin interveio:

– Contém a tua mão! Se esse homem for morto, terás feito o maior dos danos a este reino. Esse é o cavaleiro a quem devemos mais reverência dentre todos! Ele é o Rei Artur!

Ao ouvir isso o cavaleiro temeu a ira do rei e viu como sua única saída matá-lo, mas Merlin lançou-lhe um encantamento que o fez cair no chão, dormindo profundamente. Ainda aturdido por tudo o que se passara, Artur lastimou o cavaleiro:

– Ah, Merlin, tu o mataste com teus poderes, e nunca houve cavaleiro mais admirável!

– Não vos preocupeis; ele está melhor que vós. Só está dormindo. Vai acordar daqui a pouco. Se eu não interferisse, teríeis sido morto... Na verdade estais certo, não há melhor cavaleiro do que ele. Ainda irá prestar-vos bons serviços e trazer-vos uma grande tristeza. O nome desse jovem é Sir Lancelote do Lago, o cavaleiro perfeito, que traz seu destino amargamente ligado ao vosso.

– E que faço agora, Merlin? Vê o grande erro que cometi ao não te ouvir: arrisquei o trono ao me bater com o maior dos cavaleiros e ainda perdi minha espada, feita em pedaços. Serei mesmo digno de tornar-me um grande rei? Dize, como hei de remediar minha falta?

– Há coisas, Majestade, em que nem mesmo eu posso interferir, mas sempre há uma esperança... Vede!

Nesse momento, Merlin apontou para o lago onde havia caído a espada, e do seu centro saía um braço, vestido num tecido branco muito rico, segurando a espada belíssima, inteira novamente. Então, viram também surgir uma jovem, que deslizava sobre o lago de águas claras coberto de neblina.

– Quem é essa donzela? – quis saber Artur.

– É a Senhora do Lago – explicou Merlin. – Sob essas águas há uma imensa rocha e, dentro dela, um reino lindo e soberbo, povoado por donzelas mágicas. Não temais, ela vai se aproximar. Tratai-a com amabilidade e ganhareis a espada.

A moça veio até Artur. Saudaram-se delicadamente, e o rei perguntou-lhe de quem era a espada que se via suspensa por um braço acima da água.

– Rei Artur, a espada chama-se Excalibur e me pertence – disse ela. – Mas se me derdes um presente, quando eu o pedir, ela será vossa outra vez.

– Darei o que vós quiserdes – prometeu ele.

– Pois então, quando chegar o tempo, eu farei o pedido. Agora, entrai naquele barco e remai por vós mesmos até a espada. Podeis pegá-la e também a bainha.

Artur e Merlin entraram no barco. Quando chegaram perto da espada empunhada pela mão, o rei segurou-a pela alça e tomou-a para si. O braço e a mão desapareceram na água. Os dois homens voltaram então à beira do lago, mas já não encontraram a donzela.

Merlin perguntou a Artur:

– De qual das duas gostais mais, da espada ou da bainha?

– Da espada.

– É pouco sábia essa resposta – esclareceu Merlin.

– A bainha vale dez vezes mais do que a espada. Enquanto ela estiver ao vosso lado, não perdereis uma gota de sangue nem sereis profundamente ferido. Guardai-a sempre com cuidado.

Artur quis saber o que seria feito de Lancelote quando acordasse. Ao que Merlin respondeu:

– Para o vosso bem e de todo o reino, deveria deixá-lo aqui, a dormir, por todos os seus dias. Mas não posso... – O olhar do mago encheu-se de tristeza. Depois de uma pausa, continuou: – Ele acordará lembrando-se apenas de que esta foi sua maior luta e de que não houve vencedor. Vós o convidareis para viver em vossa corte gozando das honrarias que desfrutam vossos melhores cavaleiros.

Capítulo 4
A Távola Redonda

Alguns anos já haviam se passado desde que Artur fora coroado e começara a reinar. Fora vencida a maioria dos seus inimigos e iniciava-se um período de paz e progresso no reino.

Certo dia, durante uma caçada, Artur distanciou-se dos demais e foi sentar-se numa pedra para descansar. Parecia-lhe que, pela primeira vez, encontrava tranquilidade para pensar em tudo o que lhe acontecera desde o dia em que desencravara Excalibur da grande pedra, e assim uma sucessão de perguntas sem respostas ocorria-lhe. Sabia apenas que agora era o rei e aos poucos se impunha sobre toda a Inglaterra, expulsando os inimigos estrangeiros e estendendo seu reino por terras que jamais sonhara ver.

Estava perdido em seus pensamentos, quando Merlin aproximou-se sob a forma de uma criança e disse-lhe:

– Sei quem és e quem foram teus pais; és o Rei Artur, filho de Uther Pendragon e Igraine.

– Tu mentes – retrucou o rei –, como poderia uma criança saber isso? Vai-te e não me aborreças.

A criança se foi e, instantes depois, um humilde velhinho sentou-se ao lado de Artur, observando-lhe:

– Não foste sábio em não ouvir a criança que veio ter contigo, pois ela dizia a verdade e teria dito mais se deixasses. Teria dito que Igraine antes de te gerar com Uther gerou outras filhas, e que Deus está triste contigo porque deitaste com tua irmã e geraste nela uma criança que será a tua destruição e de todos os teus cavaleiros.

– Quem és tu, que vens me contar tais coisas?

– Sou Merlin.

– Ah, tu és maravilhoso! Dize mais, conta-me tudo sobre meu pai e minha mãe.

Merlin contou-lhe muitas histórias de Uther Pendragon e outras sobre o futuro; profetizou até mesmo a sua própria morte: ele, Merlin, seria enterrado vivo sob uma pedra.

De volta à corte, Artur mandou chamar sua mãe para que pudesse confirmar a história de Merlin. E seguiram-se vários dias de muita festa para comemorar a vinda de Igraine, a mãe do Rei Artur, e de sua irmã, a poderosa Fada Morgana.

Nessa ocasião, o rei comunicou ao Mago Merlin o desejo de seus nobres de que ele se casasse.

– É uma sábia decisão vos casardes, pois um homem de vossa grandeza deve ter uma esposa. Há alguma mulher que ameis mais que todas as outras?

Há, sim – respondeu Artur. – É a bela Guinever, filha do Rei Leodegrance de Cameliard, a quem, como tu me contaste, meu pai, Uther Pendragon, deu a Távola Redonda. É a mais digna e a mais linda donzela que já vi.

Merlin tentou dissuadir o rei desse casamento, pois, como podia prever o futuro, sabia que Guinever se apaixonaria por Sir Lancelote, o Cavaleiro do Lago, e ele por ela. Mas de nada valeram seus argumentos. E lá se foi o velho sábio para Cameliard, com a missão de pedir a mão da jovem em nome do rei.

O Rei Leodegrance sentiu-se muito lisonjeado com a escolha e decidiu enviar um presente de casamento a Artur.

– Eu lhe daria terras, se ele já não as tivesse em tal extensão – disse Leodegrance. – Em vez disso, ele receberá algo de que vai gostar muito mais: a grande mesa redonda que recebi das mãos do Rei Uther Pendragon, com lugar para cento e cinquenta cavaleiros se sentarem. E lhe dou também os cem cavaleiros que tenho.

Assim, à frente dessa imensa caravana, com a noiva, seu séquito, os cem cavaleiros e mais a imensa Távola Redonda, viajando por água e por terra, Merlin voltou para a corte de Londres.

Quando Artur soube que a comitiva se aproximava, rejubilou-se pela chegada da noiva e pelo valioso dote. Imediatamente deu ordens para que se iniciassem os preparativos do casamento e da coroação da nova rainha. Queria as cerimônias mais pomposas e cheias de honras que se pudessem imaginar.

Para completar os lugares vagos na Távola Redonda, Artur pediu a Merlin que lhe conseguisse os cinquenta cavaleiros que faltavam. Ao fim de algum tempo o mago voltou, acompanhado de vinte e oito homens. O Arcebispo de Canterbury abençoou as cadeiras com grande solenidade, e todos os cavaleiros se sentaram nelas. Ao se levantarem, constataram, maravilhados, que apareceram inscrições a ouro, com seus nomes gravados nos assentos que haviam ocupado.

Pouco depois, apareceu o jovem Gawaine – filho da meia-irmã de Artur com Lot, o rei de Orkney –, que disse:

– Majestade, quero vos pedir uma graça: desejo ser armado cavaleiro no dia do vosso casamento com a dama Guinever.

O Rei Artur concordou de boa vontade. E nesse mesmo dia, armou também outro jovem nobre, chamado Tor, valente filho de Sir Pellinore.

Aos poucos completavam-se os lugares vagos na Távola. Havia, porém, uma cadeira que deveria continuar desocupada. E Merlin explicou, quando o rei lhe perguntou a razão:

– Aquela é a Cadeira Perigosa, na qual um único homem, ainda não nascido, poderá sentar-se. Qualquer outro que tente ocupá-la será destruído por sua ousadia.

Quando todos os preparativos para a grande festa e o banquete solene finalmente se concluíram, o rei e sua corte foram para Camelot, a cidade que ele havia mandado erigir para abrigar a sede do reino. Lá, na igreja de Santo Estêvão, celebrou-se o casamento real.

Depois da cerimônia, com os cavaleiros todos reunidos em torno daquela imensa mesa sem cabeceira, em que todos os lugares eram igualmente honrosos, Artur fez saber que deveriam assumir alguns compromissos. E os cavaleiros da Távola Redonda fizeram o juramento sagrado: nunca trairiam ninguém nem cometeriam ofensas ou assassinatos; sempre protegeriam os desamparados, as damas, as donzelas e quem estivesse em perigo; jamais seriam cruéis com ninguém; estariam sempre do lado da justiça e do bem e, por mais que lhes prometessem os maiores tesouros do mundo, nunca defenderiam uma causa injusta.

Finalmente, o Rei Artur distribuiu terras entre os cavaleiros mais pobres e estabeleceu que todos os anos, na festa de Pentecostes, eles se reuniriam em volta da Távola Redonda para celebrar, contar suas aventuras e renovar o juramento.

Capítulo 5
O Cavaleiro das Duas Espadas

Passado algum tempo, estava o Rei Artur no castelo de Camelot em assembleia com seus nobres, quando chegou uma jovem que parecia muito aflita. Vítima de um encantamento, a donzela tinha, presa à cintura, uma espada maravilhosa que não se separava do seu corpo. Apenas um cavaleiro excepcional por suas virtudes, dissera ela, teria poderes para desembainhar a espada. Dentre os cavaleiros da Távola Redonda certamente haveria um dotado das qualidades que desfariam o encantamento.

Ouvindo o relato da donzela, o rei adiantou-se para tentar separar a espada da bainha e, não conseguindo, foi seguido por todos os seus cavaleiros, que também não obtiveram sucesso.

Havia na corte de Artur um cavaleiro muito estimado pelo rei, embora menosprezado por todos os outros, chamado Balin. Sem distinção de nascimento e sem nenhuma riqueza herdada ou adquirida, Balin fora sagrado cavaleiro pelas suas qualidades de caráter e por sua fidelidade a Artur. Quando a donzela já se despedira de Artur, Balin, longe de todos, ofereceu-se para tentar livrá-la do encantamento.

— Senhor — disse-lhe a donzela, examinando os seus trajes pobres —, não acredito que possais alcançar o que outros cavaleiros não alcançaram.

— Senhora, muito vos enganais. Honra e valentia não estão nos trajes, mas na alma do homem — respondeu Balin.

E, tirando com facilidade a espada fixada junto ao corpo da donzela, maravilhou-se com a perfeição daquela peça. Era sem dúvida a melhor espada em que já pusera as mãos.

— Este é o mais valoroso cavaleiro de todo o reino! — exclamou a donzela. — Agora, senhor, dai-me a espada.

— Não! — respondeu Balin, com os olhos fixados na espada encantadora. — Não a devolverei. Uma donzela tem menos necessidade de uma arma como essa do que eu.

— Não vejo sabedoria em tal atitude, pois essa espada será a vossa destruição. Com ela matareis vosso melhor amigo, o homem que mais amais neste mundo.

E com o semblante cheio de tristeza, a donzela partiu.

Feliz com a posse de uma espada que um cavaleiro pobre jamais poderia obter, Balin considerou que era chegada a hora de correr o mundo em busca das aventuras que o tornariam famoso e respeitado. Sua decisão desgostou o Rei Artur, que o estimava, mas agradou a maior parte dos cavaleiros da Távola Redonda.

Nesse meio-tempo veio à corte a Senhora do Lago e foi logo recebida pelo rei. Disse-lhe então que era chegada a hora de ter o presente que ele lhe prometera em troca da espada.

— É verdade — disse Artur. — Honrarei minha palavra. Mas... esqueci-me do nome da espada que me destes.

— Excalibur — respondeu a Senhora do Lago —, que significa "corta aço".

— Dizeis bem. Pedi o que quiserdes e, se estiver ao meu alcance, sereis atendida.

— Quero a cabeça de Balin, o cavaleiro que se apossou da espada encantada, ou então a cabeça da donzela que a trazia consigo, pois ele matou meu irmão e aquela dama foi a causadora da morte de meu pai.

– Lamento, não posso atender tal pedido – disse Artur. – Pedi qualquer outra coisa e realizarei o vosso desejo.

– Não pedirei outra coisa – disse a dama, resoluta. Balin, pronto para partir, chegou nesse momento, para despedir-se do rei. Ao ser informado dos desejos da Senhora do Lago, avançou em sua direção, gritando:

– Quereis a minha cabeça? Pois perdereis a vossa!

E, diante de todos, degolou a Senhora do Lago, com sua espada maravilhosa.

– Vergonha! – gritou Artur, estarrecido. – Isso envergonha a mim e a minha corte! Retira-te daqui para sempre!

Dessa forma Balin, o Cavaleiro das Duas Espadas como se tornou conhecido –, partiu em busca das suas aventuras, deixando em luto toda a corte do Rei Artur.

Tempos depois, ao socorrer uma dama em perigo, Balin matou um cavaleiro que supunha ser o malfeitor. Ao retirar-lhe o elmo, reconheceu o rosto de seu irmão. Desesperado, Balin cravou a bela espada no próprio coração.

Capítulo 6

A traição da Fada Morgana

Um dia, Artur e muitos de seus cavaleiros foram caçar numa floresta. Aconteceu que o rei, acompanhado de Sir Uriens e de Sir Accolon da Gália, ao seguir um belo cervo, distanciou-se de todos os outros. Galoparam tanto que, afinal, os cavalos caíram de exaustão e os caçadores viram-se forçados a continuar a pé, até que os cães finalmente dominaram o animal perseguido à margem de um lago. Artur fez então soar a trombeta que anunciava a morte da caça.

Ao fixar o olhar no lago, o rei reparou em um pequeno barco com velas de seda, que vinha para a margem em sua direção. Artur aproximou-se para observá-lo, mas não avistou nenhuma criatura deste mundo.

– Senhores – chamou o rei –, vamos ver o que há neste navio.

Os três subiram a bordo. A essa altura, a noite já tinha caído e, de repente, acenderam-se tochas por todos os cantos, iluminando completamente a embarcação, que era toda decorada com tecidos de seda. Surgiram então doze donzelas que se ajoelharam perante o Rei Artur e o chamaram pelo nome, oferecendo-lhe hospitalidade. Os três foram levados a uma sala deslumbrante, onde fizeram a melhor refeição de suas vidas. Havia aí uma mesa ricamente posta, com todas as espécies de carnes e vinhos que eles pudessem imaginar. Mais tarde, cada um deles foi conduzido a um aposento suntuosamente mobiliado. E dormiram maravilhosamente durante toda a noite.

Na manhã seguinte, Sir Uriens acordou em Camelot, a dois dias de viagem dali, ao lado de Morgana, sua mulher. Accolon da Gália, quando abriu os olhos, viu-se deitado na beirada de um poço, numa posição muito perigosa. E o Rei Artur despertou numa prisão escura, ouvindo seus companheiros de cela se queixarem amargamente.

Artur perguntou-lhes o que estava acontecendo, e por que se lamentavam. Retrucaram-lhe, vinte cavaleiros, que estavam todos no castelo de Sir Damas, o cavaleiro mais covarde e traiçoeiro que existia. Havia traído até mesmo seu irmão mais moço, o bondoso Sir Ontzlake, de quem usurpara a herança, e, se não fosse pelas riquezas que este havia conquistado com suas proezas de cavaleiro valente, nem teria como viver.

– Os dois estão permanentemente em guerra – explicaram os prisioneiros. – Sir Damas, no entanto, não tem coragem de enfrentar o irmão num combate corpo a corpo. Assim vive à procura de um cavaleiro que lute por ele, mas é tão odiado que ninguém quer defendê-lo. Então arma ciladas e prende cavaleiros como nós, à traição, e tenta nos forçar a lutar por ele – o que recusamos fazer. Por essa razão ele nos mantém prisioneiros aqui para morrermos de fome, o que já aconteceu a dezoito de nós.

Enquanto era informado do destino que o aguardava depois da aventura no navio encantado, Artur tentava distinguir, na escuridão, os vultos daqueles cavaleiros, tão enfraquecidos pela fome que mal conseguiam se manter em pé. Nesse momento surgiu uma donzela e lhe propôs:

– Sir, se estiverdes no pleno domínio de vossas forças e quiserdes combater por meu senhor, sereis libertado. Se não, jamais saireis desta prisão.

O rei hesitou. Não lhe agradava lutar por alguém tão covarde e pérfido como Sir Damas, mas preferia combater como um cavaleiro a morrer na prisão. E resolveu tirar o máximo proveito da situação:

– Aceito – disse ele –, com a condição de que todos nós sejamos libertados imediatamente.

Sua exigência foi cumprida e todos os prisioneiros se prepararam para assistir ao combate do recém-chegado, de identidade ignorada, com Sir Ontzlake.

No dia seguinte, antes de partirem para o campo, Sir Damas fez com que todos assistissem à missa. Terminado o ofício, Artur recebeu uma excelente armadura e um belo cavalo. Já montado e preparado para partir, Artur viu aproximar-se uma donzela que se declarou a serviço de Morgana, sua irmã, a quem Artur havia confiado a guarda da valiosa Excalibur, e lhe deu uma espada idêntica à sua, embainhada, com as seguintes palavras:

– A Fada Morgana vos envia vossa espada, como sinal de seu grande amor fraternal.

O Rei Artur agradeceu e partiu, sem desconfiar que a espada e a bainha eram falsas. Morgana o traíra, mandando-o para a morte, porque estava apaixonada por Sir Accolon, sendo correspondida em seus sentimentos. Seu plano era matar Artur e Sir Uriens, seu marido, casar-se com Sir Accolon e tornar-se rainha.

E Sir Accolon? Como já foi dito, havia acordado na borda de um poço de onde um fio de água caía numa pia de mármore, através de um cano de prata.

– Jesus proteja meu Rei Artur e Sir Uriens! – foram suas primeiras palavras. – Aquele navio era encantado. Fomos traídos por demônios em forma de mulheres!

Nesse momento, surgiu um anão de boca imensa e nariz chato que disse vir da parte de Morgana. O mensageiro saudou-o em nome da fada e preveniu-o de que no dia seguinte, pela manhã, ele teria que combater um cavaleiro muito valoroso.

– Por isso, senhor – continuou o anão –, minha senhora vos envia Excalibur, a espada do Rei Artur, e sua bainha. Ela vos pede, em nome do vosso amor, que luteis com bravura e sem misericórdia, conforme prometestes quando estivestes a sós com ela. Tudo sairá bem, pois já foram feitos todos os encantamentos e sortilégios necessários.

Assim que o anão desapareceu, cavalgaram na direção de Accolon um cavaleiro, uma dama e seis escudeiros. O cavaleiro era justamente Sir Ontzlake, que lhe propôs que fosse descansar em seu castelo. O convite foi aceito de bom grado, e partiram todos juntos. Mais tarde, depois de Sir Accolon já ter se alimentado e descansado, chegou ao castelo um mensageiro de Sir Damas, dizendo a Sir Ontzlake que se preparasse para um grande combate ao amanhecer, pois seu amo afinal encontrara um cavaleiro que iria defendê-lo.

Sir Ontzlake considerou o momento impróprio, pois ainda doíam-lhe os ferimentos que recebera, em ambas as pernas, numa batalha recente. Mesmo assim, respondeu ao mensageiro que estaria pronto para enfrentar o defensor de seu irmão.

Ao ouvir a resposta de seu anfitrião, Accolon dispôs-se a lutar por ele, retribuindo a hospitalidade com que fora recebido. Sentia-se seguro, pois a Fada Morgana enviara-lhe Excalibur, a espada de Artur, prevendo o combate no dia seguinte.

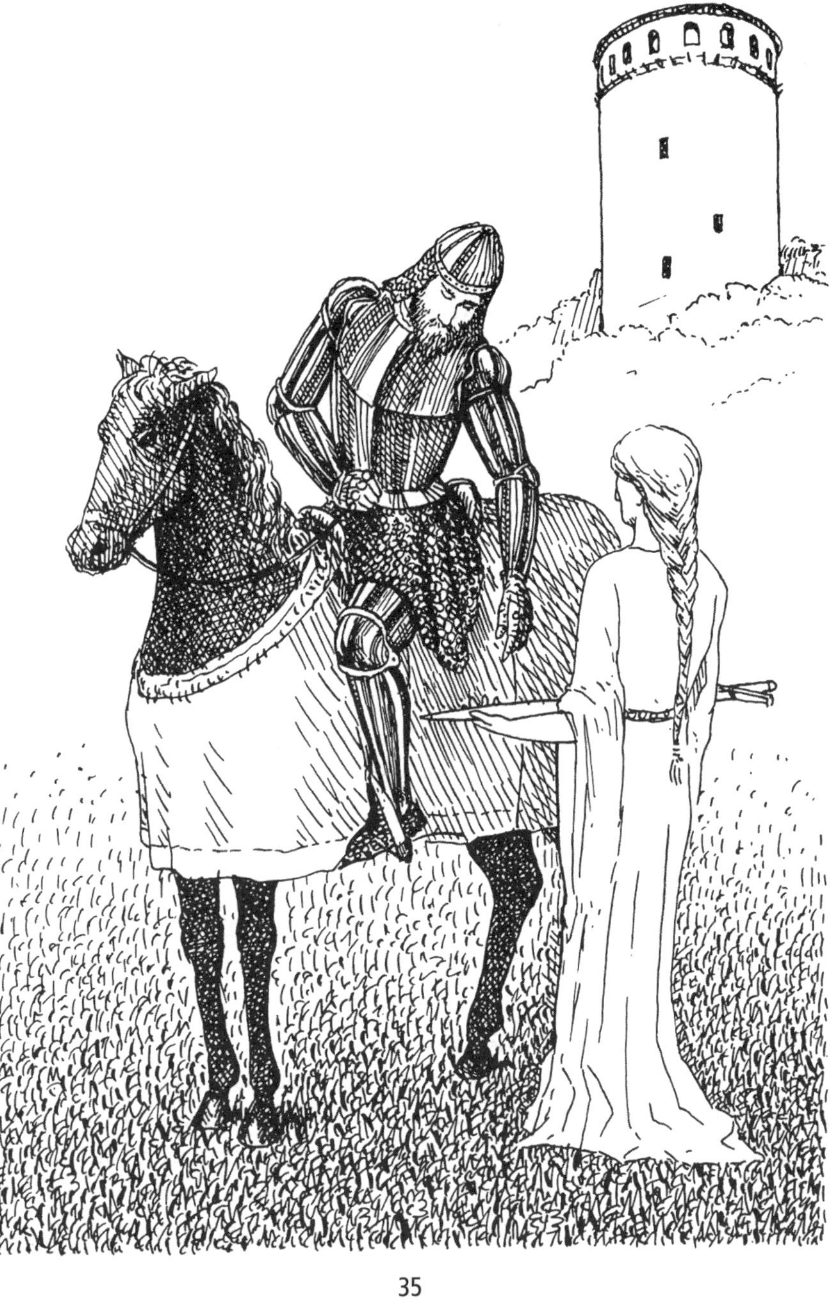

Com isso, Sir Ontzlake muito se alegrou e agradeceu de coração a Sir Accolon por lhe prestar tão valioso favor.

E assim, no dia seguinte, ao raiar da manhã, os dois cavaleiros se lançaram ao combate, cada qual sem conhecer a identidade do adversário, mas confiantes em sua bravura de cavaleiro e em Excalibur...

Capítulo 7
Artur recupera Excalibur

Nesse tempo, Artur já não podia mais contar com a proteção de Merlin, que sempre velara por ele nos momentos de perigo. O velho mestre, o mais sábio entre todos os sábios, havia morrido algum tempo antes – como profetizara –, vítima do mais terrível dos encantamentos: o amor. Apaixonado por Nimue, uma das donzelas do lago, não se deu conta de que ela só pretendia obter-lhe os segredos de magia. Quando julgou que aprendera o bastante, Nimue, cansada do assédio de Merlin, armou uma cilada atraindo-o para uma caverna, cuja entrada bloqueou com uma imensa pedra. Por nenhuma das suas artes pôde o velho sábio escapar da morte. Assim, nesse momento tão grave, encontrava-se o Rei Artur sem o auxílio de Excalibur e de Merlin.

O combate foi terrível. Os dois se lançaram com fúria um contra o outro e, logo aos primeiros golpes de Accolon, Artur foi ferido. Vendo o sangue que escorria pelo chão, ele compreendeu que havia sido traído: a sua espada fora trocada e tudo o levava a crer que a arma do adversário era a verdadeira Excalibur. Mas, apesar do ferimento, lutava com muita bravura e todos os que assistiam ao combate diziam não se lembrar de terem visto cavaleiro que lutasse como ele, mesmo ferido como estava.

Assim continuaram até que, a um golpe mais forte do adversário, a espada de Artur se partiu. Accolon então lhe disse:

— Cavaleiro, fostes vencido e não podeis resistir mais. Além disso, estais sem arma e perdendo muito sangue. Não quero massacrar-vos. É melhor que vos rendais.

— Nunca! — foi a resposta. — Prometi lutar enquanto pudesse e é o que farei enquanto me restar um sopro de vida. E se matardes um cavaleiro desarmado, a desonra será vossa.

— Pois se é assim, não por medo da vergonha irei poupar-vos... Preparai-vos! — dizendo isso, Accolon desferiu-lhe um golpe violento que quase o jogou no chão.

Entretanto, em vez de pedir misericórdia, Artur atirou-se sobre ele, desferindo-lhe uma tal pancada com o punho da espada que lhe restara na mão, que Accolon deu três passos para trás.

Nimue, a donzela do lago que encerrara Merlin na caverna, assistia ao combate e já reconhecera Artur. Ao observar a coragem com que lutava, resolveu interferir. Seria lamentável que um homem de tantas qualidades se perdesse. Assim, quando Accolon deu o golpe seguinte, ela fez com que Excalibur, por encanto, caísse das suas mãos. Imediatamente Artur saltou e, apanhando a arma do chão, reconheceu-a no mesmo instante. Então, num gesto rápido, arrancou a bainha que estava presa ao cinto de Accolon, atirou-a longe e gritou:

— Cavaleiro, chegou a vossa hora! Com esta mesma espada virá a recompensa de todos os golpes que recebi e de todo o sangue que perdi! — E foi a vez de Artur encurralar seu adversário, que também se recusava a se render, embora muito ferido e sangrando, sem a proteção da bainha da Excalibur.

Mas algo lhe parecia estranho; aquele cavaleiro lhe era familiar. Com a espada suspensa sobre a cabeça do inimigo, o rei perguntou quem era ele e de onde provinha.

— Senhor cavaleiro, sou Sir Accolon da Gália, da corte do Rei Artur.

Muito aflito, o rei se lembrou então de sua irmã Morgana e do encantamento do navio. Quis saber como Accolon conseguira aquela espada. Conforme suspeitava, o cavaleiro afirmou que a recebera de Morgana.

– Pois sabeis que sou o Rei Artur, a quem fizestes tanto mal?

Então o cavaleiro gritou pedindo perdão, e Artur o perdoou, porque sabia que Accolon não o tinha reconhecido e que Morgana, sua irmã, é quem deveria ser punida por traição.

Chamou então a todos que assistiram ao combate e disse-lhes:

– Senhores, aqui estão dois cavaleiros que lutaram para grande dano de ambos. Se cada um de nós tivesse reconhecido o outro, não teria havido luta alguma.

– Senhores! – gritou Accolon, emocionado. – Saibam que este cavaleiro é o Rei Artur, o mais nobre, mais valente e mais digno de honrarias que há no mundo. E eu muito me arrependo de ter lutado contra meu rei e senhor.

Todos caíram de joelhos, pedindo misericórdia ao rei. Em seguida, Artur passou a julgar o caso dos dois irmãos por quem ele e Accolon haviam combatido. Ordenou que Sir Damas devolvesse as terras a Sir Ontzlake, proibindo-lhe que incomodasse qualquer cavaleiro andante e que devolvesse as armaduras e corcéis que havia tomado dos prisioneiros. Depois, Artur e Accolon foram para uma abadia próxima, para descansar e cuidar dos ferimentos.

O rei logo se recuperou, mas Sir Accolon morreu após quatro dias. Artur ordenou que o pusessem num esquife, guardado por seis cavaleiros, e o levassem, no dorso de um cavalo, como um presente para a sua irmã, a Fada Morgana, dizendo-lhe que Excalibur estava em seu poder. E voltou para a corte, onde o aguardavam seus cavaleiros.

Segunda parte
Lancelote do Lago

Capítulo 8
As quatro rainhas

Os cavaleiros da Távola Redonda festejavam com justas e torneios: o Rei Artur voltava de Roma, vitorioso em sua batalha contra o Imperador Lúcio. A questão começara com a exigência do pagamento de tributos, instituída por Júlio César e acatada até o fim dos dias de Uther Pendragon. Artur e seus nobres, entretanto, considerando-se soberanos, não reconheciam o domínio romano. Depois de subjugar Lúcio, o Rei Artur – coroado imperador pelas mãos do papa – voltou à Inglaterra, onde foi recebido em triunfo.

Em pouco tempo, porém, os cavaleiros já estavam aborrecidos e ansiavam por novas aventuras e desafios. Entre todos os nobres e valentes que havia na corte do Rei Artur, um se destacava de todos por sua fama, sua bravura e por seu porte altivo e elegante – Sir Lancelote do Lago, aquele que jamais fora vencido, a não ser por traição ou encantamento.

Filho do Rei Ban de Benwick, Sir Lancelote era o preferido da Rainha Guinever, conforme previra Merlin a Artur. E ele, certamente, amava a rainha muito mais do que qualquer outra dama ou donzela e por ela já praticara grandes feitos de armas e grandes proezas de cavalaria.

Sir Lancelote não permaneceu na corte; logo partiu em busca de outras proezas que lhe aumentassem o renome, levando consigo seu primo, Sir Leonel, filho do Rei Bors.

Depois de alguns dias, os cavaleiros andantes atravessaram uma floresta e chegaram a uma campina. Como era meio-dia e fazia muito calor, Sir Lancelote, sentindo-se sonolento, deitou-se à sombra de uma macieira.

Sir Leonel, que permanecia acordado, dentro em pouco avistou três cavaleiros que vinham a galope, perseguidos por um outro, muito corpulento e bem armado. Em minutos o perseguidor alcançou os três, golpeando e derrubando um por um até desacordá-los para então amarrá-los com a rédea dos cavalos. Sir Leonel decidiu intervir, saindo silenciosamente para não despertar Sir Lancelote. Foi também derrotado, amordaçado e levado, juntamente com os outros, para o castelo do agressor.

Sir Ector de Maris, ao dar por falta do irmão, Sir Lancelote, na corte, partiu em seu encalço. Acabou por chegar a um castelo diante do qual havia uma árvore onde estavam pendurados os escudos de vários cavaleiros, muitos dos quais eram da Távola Redonda e, dentre eles, o de Sir Leonel. Perguntando a um camponês que por ali passava, soube que aqueles escudos pertenciam aos prisioneiros de Sir Turquine, senhor daquele castelo. Sir Ector jurou vingar-se e esperou por ele.

Logo apareceu Sir Turquine, o cavaleiro corpulento. E, apesar de toda a bravura que Sir Ector empregou na luta que travaram, teve o mesmo fim de Sir Leonel e de todos os outros cavaleiros: foi aprisionado naquele castelo. Restava apenas a esperança de que Sir Lancelote acordasse e, descobrindo o seu destino, viesse resgatá-los.

Lancelote, entretanto, continuava dormindo debaixo da macieira e ainda dormia quando dele se aproximou um cortejo formado por quatro rainhas de grande esplendor. Para não serem incomodadas pelo calor, cavalgavam no meio de quatro cavaleiros que levavam sobre suas cabeças uma espécie de toldo de seda verde, preso às lanças. Uma delas era a Fada Morgana, que logo reconheceu no cavaleiro adormecido Sir Lancelote, o mais nobre dos nobres, o mais belo e desejado entre todos os homens da corte do Rei Artur. E, como as quatro pretendiam o seu amor, Morgana decidiu:

– Não vale a pena brigarmos. Por meio de um encantamento farei com que Lancelote durma profundamente por mais seis horas. Enquanto isso, nós o levamos para meu castelo. Lá, quando eu quebrar o encanto, ele escolherá uma de nós.

E assim se fez. Lancelote só despertou à noite, num castelo estranho, quando o jantar lhe foi servido por uma bela e gentil donzela, que, no entanto, não lhe disse onde estava nem como tinha ido parar ali.

Na manhã do dia seguinte, vieram vê-lo as quatro rainhas, todas vestidas de gala. Disseram-lhe então que sabiam quem ele era, e Morgana lhe fez a proposta:

– Sabemos que até hoje nenhuma dama teve o vosso amor, a não ser a Rainha Guinever. Mas agora, Sir Lancelote do Lago, sois nosso prisioneiro e, se não quiserdes morrer, deveis escolher uma de nós. Sou Morgana, a fada, rainha da Terra de Gore.

Em seguida, apresentou a rainha de Gales do Norte, a rainha do Oriente e a rainha das Ilhas. Mas Lancelote não escolheu nenhuma, afirmando que preferia morrer a ter uma dama contra sua vontade.

– O sentimento que dedico à mais alta dama deste mundo, não poderia dedicá-lo a uma feiticeira hipócrita ou a qualquer uma de suas cúmplices – concluiu o cavaleiro.

As quatro rainhas insultadas juraram sua morte e deixaram-no só.

Ao meio-dia, a mesma donzela amável veio trazer-lhe o almoço. Lancelote queixou-se de sua sina e, desta vez, a moça deu-lhe atenção, dizendo que podia ajudá-lo a sair dali. Em troca, ele teria de prometer ajuda ao seu pai, que ia combater o Rei Rience, de Gales do Norte, no dia seguinte.

– Sou filha do Rei Bagdemagus – explicou a jovem.

– Conheço-o e sei que é bom e valoroso. Será uma honra para mim ajudá-lo.

Combinaram que a donzela viria buscá-lo no dia seguinte bem cedo. Lancelote partiria em seu cavalo, com sua armadura, escudo e lança, e atravessaria a floresta até chegar a uma abadia, onde encontraria o Rei Bagdemagus.

Tudo correu conforme o combinado. E, ao encontrar o pai da donzela, Sir Lancelote acertou com ele o seu plano: o combate se daria dentro de poucos dias, num torneio em que o Rei Rience teria o apoio de três outros cavaleiros, todos da corte do Rei Artur. Para enfrentá-los, o Cavaleiro do Lago pediu ao Rei Bagdemagus que lhe desse três cavaleiros de sua total confiança. Os quatro usariam escudos brancos, sem qualquer marca que pudesse identificá-los, e se esconderiam num bosque, a igual distância dos dois lados, prontos para fazer o que fosse necessário sem que os inimigos reconhecessem Sir Lancelote.

O Rei Bagdemagus foi para o torneio com oitenta cavaleiros. O rei de Gales do Norte, no entanto, levou cento e sessenta homens, demonstrando assim sua superioridade sobre o adversário, diante dos palanques construídos para que nobres e damas assistissem ao combate.

Teve início a batalha. Depois de algum tempo, quando a derrota de Bagdemagus parecia inevitável, Sir Lancelote surgiu de dentro do bosque e investiu sobre o ponto onde havia maior concentração de cavaleiros, derrubando um a um, inclusive o rei de Gales do Norte. Seus aliados, os cavaleiros de Artur, atacaram todos o Cavaleiro do Lago. Mas também foram todos vencidos, cada um por sua vez, até o último. O Rei Bagdemagus foi então proclamado vencedor do torneio.

No dia seguinte, depois de festejar a vitória e descansar no castelo, Lancelote pôde partir à procura de Sir Leonel. Despedindo-se da filha do Rei Bagdemagus, disse-lhe o cavaleiro:

– Se, em qualquer tempo, tiverdes necessidade dos meus serviços, eu vos peço, fazei-me saber e eu, como legítimo cavaleiro, não falharei em atender-vos.

Voltou então à mesma floresta em que, durante seu sono, Sir Ector e Sir Leonel haviam desaparecido. Indagando a camponeses, teve conhecimento do ocorrido e, sem demora, chegou ao castelo diante do qual estava a árvore cheia de escudos. Chamou por Sir Turquine, desafiando-o, e esperou. Pouco depois surgiu um cavaleiro enorme, trazendo consigo um homem amarrado. Era Sir Turquine, com outro cavaleiro destinado à sua masmorra.

Logo que se viram, empunharam as lanças e se prepararam para o combate.

– Agora, bondoso cavaleiro – gritou-lhe Lancelote –, deixai descansar o vosso ferido enquanto medimos nossas forças! Pagareis pela vergonha imposta a cavaleiros justos!

E atracaram-se ferozmente, cada um deles assombrado com a força e a bravura do adversário. Depois de lutarem por mais de duas horas, já muito feridos e exaustos, apoiaram-se sobre as espadas.

– Companheiro! – disse Turquine nesse momento. – Contende-vos um instante. Sois o melhor cavaleiro que já encontrei. Talvez tão hábil e corajoso quanto um cavaleiro que eu odeio acima de qualquer outro. Desde que não sejais tal cavaleiro, entraremos em acordo e, em homenagem à vossa bravura, libertarei os prisioneiros que tenho e seremos amigos enquanto eu viver.

– Quem é esse cavaleiro odiado acima de todos?

– Seu nome é Lancelote do Lago, que matou meu irmão. Na esperança de um dia encontrá-lo, já matei mais de cem cavaleiros, mutilei outros tantos e mantenho presos muitos contra quem nada tenho.

– Olhai bem para mim! – disse Sir Lancelote. – Não pode ser outro o cavaleiro que procurais. Defendei-vos porque vou matar-vos!

E ambos atiraram-se novamente um contra o outro, lutando sem descanso por mais duas horas, até que Sir Turquine foi morto. Sir Lancelote soltou o prisioneiro para que fosse libertar os outros. E quando todos vieram agradecer-lhe, ele já havia partido, em busca de novas aventuras em que pudesse corrigir injustiças e malfeitos.

Sempre corajoso e forte, Lancelote do Lago defendia as damas e as donzelas, os fracos e os desamparados, combatendo os cavaleiros covardes que houvessem traído as regras da cavalaria, em honra da Rainha Guinever. Aos adversários vencidos impunha, como penhor da própria vida, que fossem prestar homenagem à mais bela e doce dama que jamais havia existido.

Capítulo 9
A Cadeira Perigosa

Muitos anos antes dessas últimas aventuras que contamos, o Rei Artur reunia-se com seus cavaleiros em volta da Távola Redonda quando veio até eles um eremita que, vendo a Cadeira Perigosa, perguntou por que estava desocupada. O Rei Artur explicou:

– Não há quem se sente nela sem que seja destruído, a não ser que seja o cavaleiro para quem é destinada. Por isso a chamamos de Cadeira Perigosa.

– Pois eu vos digo que o homem que se sentará nela ainda não é nascido, mas será concebido neste mesmo ano. E será ele o cavaleiro a encontrar o Santo Graal.

Depois de proferir estas palavras, o eremita foi-se da corte do Rei Artur, deixando todos perplexos.

Terminada a reunião dos cavaleiros da Távola, Sir Lancelote, como de costume, partiu novamente em busca de aventuras. Cavalgando sobre uma ponte, avistou uma torre cercada de ruas apinhadas de gente. Aflitos, todos lhe pediram que os auxiliasse:

– Seja bem-vindo, Sir Lancelote do Lago! Somente vós, o mais nobre dos cavaleiros, podereis acabar com tal sofrimento. Lá na torre, uma donzela presa há cinco invernos padece, enfeitiçada pela Fada Morgana. Está numa banheira de água fervendo e a sala toda é quente como uma fornalha. Ela não morre, mas não se salva. A não ser que o cavaleiro mais valente do mundo entre na sala ardente e a pegue pela mão. Soubemos da vossa vinda e toda a nossa pobre gente está nas ruas para vos rogar esse favor.

Sir Lancelote não hesitou. Foi até a torre, entrou na sala, segurou a moça pela mão e a trouxe para fora, sã e salva, e viu nela a mais bela donzela do mundo, depois da Rainha Guinever. Em seguida, acompanhou-a até uma capela, para agradecerem a Deus por sua salvação.

Quando voltaram, os habitantes do lugar pediram a Sir Lancelote que, assim como livrara a bela donzela do perigo, os livrasse de uma serpente terrível que morava numa cova ali perto.

– Levai-me ao lugar onde ela se esconde e, com a ajuda de Deus, farei o que puder – respondeu ele.

Ao chegar ao local indicado, Sir Lancelote viu uma pedra onde estava escrito em letras de ouro:

Um leopardo de sangue nobre aqui virá e matará a serpente. Esse leopardo gerará um leão nesta terra estrangeira, que ultrapassará a todos os outros cavaleiros.

Sir Lancelote afastou a pedra que tapava a cova e de lá saiu um dragão enorme, lançando fogo pela boca. Os dois lutaram o dia todo até que, finalmente, quando a noite caía, o cavaleiro conseguiu cortar a cabeça do monstro com sua espada.

O soberano daquela região, assim que soube o que se passara, veio ter com Sir Lancelote, convidando-o para descansar

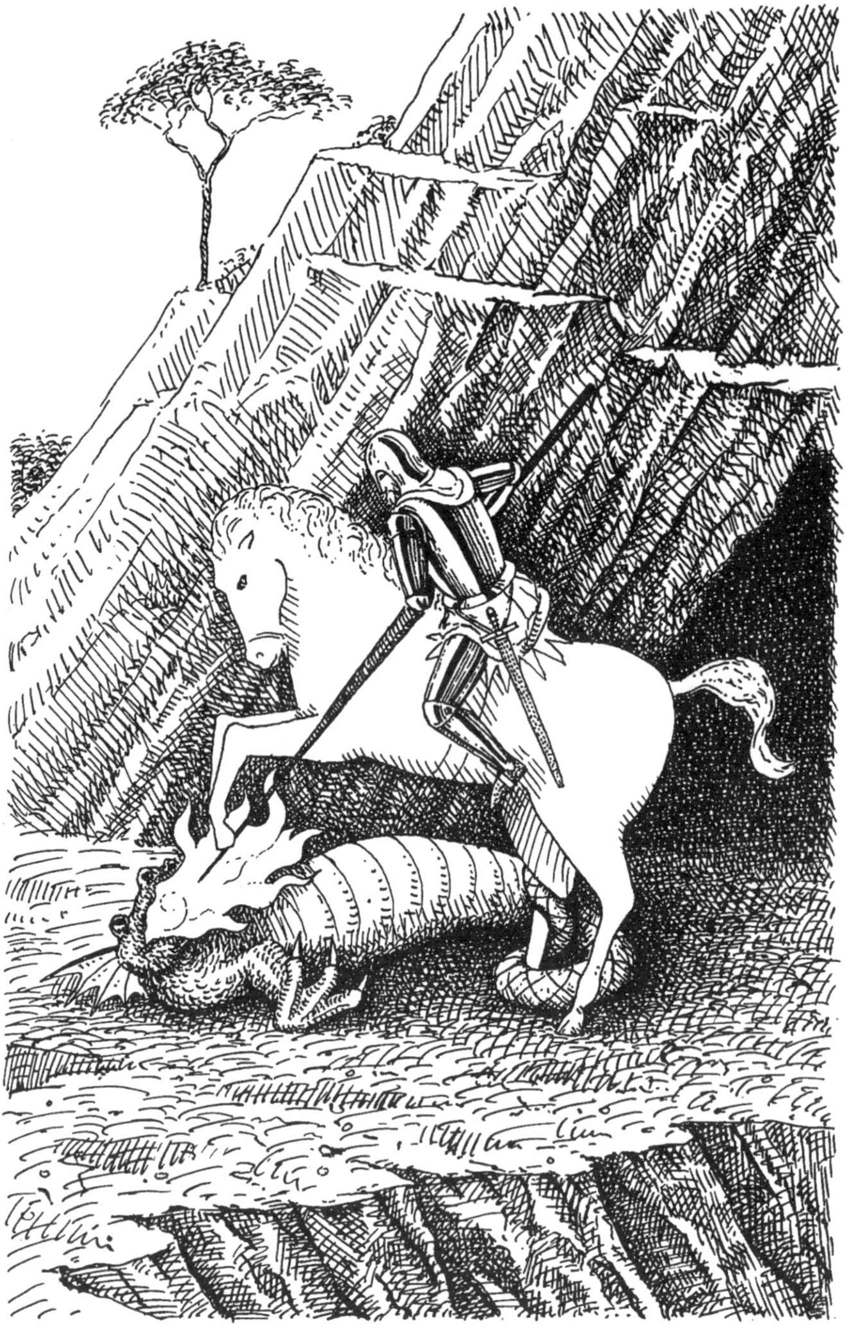

em seu castelo. Depois de ordenar que cuidassem dos ferimentos do cavaleiro, o rei apresentou-se:

– Sir Lancelote do Lago, meu nome é Pelles, sou rei dessas terras e descendente de José de Arimateia.

Enquanto o Rei Pelles assim falava, surgiu, voando através da janela, uma pombinha que trazia no bico um turíbulo de ouro. Nesse momento o ar se encheu de um perfume muito forte e agradável, como se todas as essências boas do mundo se tivessem derramado por ali, e a mesa se cobriu subitamente das mais finas bebidas e dos melhores alimentos. Entrou então na sala uma jovem trazendo uma taça de ouro nas mãos, tão brilhante que parecia feita de luz. Ninguém foi capaz de fixar os olhos nela, de tanto resplendor. Todos se ajoelharam, rezando.

Depois que a donzela se retirou com o cálice, Sir Lancelote, atordoado, perguntou:

– Por Jesus, o que significa isso?!

– Isso, meu bom cavaleiro – respondeu o rei –, é a coisa mais preciosa que um homem pode ter em vida. E quando sua fama se espalhar, será o fim da Távola Redonda, pois sabeis que foi do Santo Graal a visão que tivestes aqui. O Santo Graal é o cálice sagrado que serviu a Jesus na última ceia e no qual José de Arimateia, meu ancestral, recolheu o sangue de Cristo na cruz e que, mais tarde, foi trazido por ele até a Bretanha.

Nesse exato momento o Rei Pelles compreendeu o significado da vinda de Sir Lancelote para o seu reino: era a profecia da pedra que se cumpria. Sir Lancelote era o leopardo que viria matar a serpente; o leão, filho desse leopardo, havia muito, Rei Pelles sabia que seria seu neto, Galahad, o Cavaleiro Puro, que alcançaria o Santo Graal. Galahad deveria ser gerado do encontro de Lancelote com sua filha Elaine. No entanto o rei não desconhecia o devotamento do cavaleiro pela Rainha Guinever e sabia ser impossível fazê-lo apaixonar-se por outra mulher. Por isso Pelles mandou chamar uma fada muito sábia, Brisen, que o aconselhou:

— Majestade, bem sei que Sir Lancelote não ama ninguém neste mundo além da Rainha Guinever. Só conseguiremos que se deite com vossa filha se ele acreditar que o faz com a rainha.

E assim foi feito para que se cumprisse a profecia. Brisen mandou a Sir Lancelote um mensageiro com o anel da Rainha Guinever, dizendo que a encontrasse em um castelo próximo dali. Enviou para lá a bela Elaine, que esperou por Sir Lancelote em sua cama, e fez com que o cavaleiro, antes de encontrá-la, bebesse uma taça de vinho encantado. Ao entrar no quarto, Lancelote atirou-se aos braços de Elaine, vendo nela a Rainha Guinever. Só no dia seguinte descobriu o terrível engano.

— Perdão, senhor, não me mateis! — pediu Elaine. — Isso aconteceu apenas porque estou destinada a ser a mãe do mais nobre cavaleiro da cristandade, que será o nosso filho.

— Perdoo-te pela razão de que a culpa não é tua: fomos enfeitiçados. Mas não quero ver-te nunca mais.

Dizendo isso, Sir Lancelote se foi de volta à corte de Artur. Lá chegando, sentiu-se um traidor e viu-se obrigado a contar tudo à Rainha Guinever. Profundamente enciumada, ela o repreendeu e desprezou, o que o levou à completa loucura. Lancelote só recuperou a sanidade quando a rainha, arrependida, o perdoou, reconhecendo que ele fora vítima de um encantamento.

Muitos anos depois, na véspera de uma festa de Pentecostes, quando todos os cavaleiros do Rei Artur estavam reunidos em volta da Távola Redonda, surgiu uma donzela que pediu ao rei que lhe indicasse Sir Lancelote. Sem esperar resposta, dirigiu-se ao cavaleiro mais formoso dentre todos e disse-lhe:

— Sir, venho da parte do Rei Pelles e peço-vos que me acompanheis até uma abadia de monjas que fica em uma floresta perto daqui.

Sir Lancelote partiu com ela, prometendo retomar a tempo para a festa. Quando chegou à abadia, encontrou ali Sir Leonel e Sir Bors, que ficaram surpresos ao vê-lo:

– Esperávamos encontrar-te amanhã em Camelot.
– Pois fui trazido de lá até aqui a pedido de uma dama, mas ainda desconheço a razão.

Nesse momento uma porta se abriu e, cercado de doze monjas, entrou Galahad, o jovem mais lindo que já se tinha visto.

– Sir Lancelote, trazemos a vós este menino que criamos e pedimos que o torneis cavaleiro. Não poderia de nenhuma outra mão que não a vossa receber a Ordem da Cavalaria.

– Se este é o vosso desejo, ele receberá, por mim, a Alta Ordem da Cavalaria.

Sir Lancelote passou, na abadia, uma noite agradável na companhia de Sir Bors e de Sir Leonel e, na manhã do dia seguinte, armou Galahad cavaleiro. Convidou-o então a ir em sua companhia para a festa de Pentecostes em Camelot.

– Não, não irei convosco agora – respondeu Sir Galahad, resoluto.

Sir Lancelote partiu com seus parentes, chegando à corte do Rei Artur a tempo de assistir ao ofício divino. Terminada a cerimônia, o rei e seus cavaleiros reuniram-se em torno da Távola Redonda e, perplexos, viram surgir gravadas na Cadeira Perigosa letras de ouro que diziam:

Aos quatrocentos e cinquenta e quatro invernos depois da paixão de Nosso Senhor Jesus Cristo, esta cadeira deverá ser ocupada.

– Por Deus! – exclamou Sir Lancelote –, hoje é a festa de Pentecostes do ano 454. Seria melhor que essas letras ficassem cobertas, até chegar aquele que virá correr o risco de sentar-se nessa cadeira.

O Rei Artur ordenou que cobrissem com um pano de seda o encosto da cadeira. Em seguida, um escudeiro entrou, anunciando notícias maravilhosas:

– Senhor, lá fora no rio está flutuando uma pedra enorme! E na pedra está cravada... uma espada!

Todos saíram para ver. De fato, desafiando todas as leis da natureza, flutuava na superfície do rio um enorme bloco de mármore vermelho, do qual saía o punho de uma espada, cravejado de pedras preciosas que formavam uma inscrição:

Nenhum homem me arrancará daqui, salvo aquele em cuja cintura devo pender, e esse será o melhor cavaleiro do mundo.

– Essa espada deve ser tua, então, Lancelote, porque tenho certeza de que o melhor cavaleiro do mundo és tu! – disse Artur.

Mas Sir Lancelote, muito sério, respondeu:

– Senhor, essa espada não é minha, pois a minha está aqui comigo. E mais: custa-me dizer mas não sou tão bom cavaleiro como credes. Deverá haver cavaleiro melhor do que eu capaz de arrancá-la.

O rei não se convenceu das palavras de Lancelote e pediu-lhe que tentasse tirar a espada da pedra.

– Senhor – disse o cavaleiro –, ainda que me custe a vida recusar-vos um pedido, eu vos afirmo, tal não farei.

Artur, irado, ordenou a Gawaine que arrancasse a espada. Sem obter resultado, Gawaine foi seguido de Persival, também por ordem do rei. O fracasso do segundo cavaleiro reforçou a posição de Lancelote, que não acreditava que estivesse entre eles o melhor cavaleiro do mundo.

Voltaram então ao castelo e, quando ocuparam seus lugares da Távola Redonda, todas as portas e janelas do palácio se fecharam sozinhas. O salão, no entanto, resplendia luminoso como se banhado pelo sol.

Em seguida surgiu um ancião, em trajes brancos, sem que ninguém pudesse explicar por onde havia entrado. Acompanhava-o um rapaz vestido de vermelho, sem espada mas com uma bainha vazia presa à cintura.

– A paz esteja convosco! – disse o velho. – Trago-vos um descendente de José de Arimateia que é também um cavaleiro de sangue real. Com ele, e as maravilhas que realizará aqui e no estrangeiro, a glória desta corte estará completa.

– Se isto é verdade, sê bem-vindo – disse o Rei Artur.

O velho levou então o rapaz até junto da Cadeira Perigosa,

ao lado do lugar onde Sir Lancelote se sentava. Ergueu o pano de seda e todos puderam ler:

Esta é a cadeira de Galahad, o príncipe real.

O jovem se sentou e o velho partiu. Todos os cavaleiros se maravilharam da coragem do rapaz, que não temia ocupar aquele lugar. Imediatamente, lembraram-se da profecia que dizia que só quem se sentasse na Cadeira Perigosa teria êxito na busca do Santo Graal.

Artur levantou-se e, tomando Galahad pela mão, levou-o até a pedra que flutuava sobre o rio. Assim que a viu, Galahad tocou a espada, tirou-a facilmente do mármore e a enfiou na bainha, dizendo:

– Agora, está completa.

E o cumprimento da profecia, naquele dia de Pentecostes do ano 454, foi então celebrado.

Todos esses feitos maravilhosos chegaram aos ouvidos da Rainha Guinever, que desejou conhecer tão notável cavaleiro. Quando o Rei Artur a levou à presença de Galahad, ela logo compreendeu, pela semelhança de seu rosto com o de Lancelote, que se tratava do filho dele com Elaine, a filha do Rei Pelles. No mesmo instante, a rainha fez com que todos soubessem que Sir Galahad era filho de Sir Lancelote do Lago.

Terceira parte
A procura do Santo Graal

Capítulo 10
A partida

Teve início o torneio de Pentecostes; foram todos justar na campina junto a Camelot, com tal bravura que, muitos anos passados, quando todos os cavaleiros já haviam morrido, a fama desse torneio continuava viva.

Sir Galahad vestiu couraça e elmo, escolheu suas lanças, mas não quis um escudo. De qualquer modo, sobrepujou todos os outros cavaleiros, em coragem e destreza, salvo Sir Lancelote e Sir Persival.

Ao cair a noite, terminado o torneio, entraram todos no salão para cear, sentando-se cada cavaleiro em seu lugar. De repente, ouviu-se um estrondo semelhante a um trovão, e surgiu um raio de sol muitas vezes mais claro do que qualquer luz. Aquela luminosidade fazia com que cada cavaleiro visse os outros mais belos do que nunca, embora ninguém conseguisse dizer uma só palavra. Pairando sobre a Távola, resplandescia um cálice – o Santo Graal – coberto de um tecido branco bordado, mas, com a visão ofuscada pela luz, os cavaleiros não puderam vê-lo. Subitamente o ar ficou perfumado, e cada um viu, diante de si, a mesa repleta dos alimentos e bebidas de que mais gostava. O Santo Graal percorreu ainda todo o salão, desaparecendo em seguida.

Só então recuperaram a fala, e Artur deu graças a Deus.
Disse então Sir Gawaine:

– Senhores, vivemos uma coisa maravilhosa, mas não conseguimos ver o Santo Graal. Juro perante vós que amanhã partirei à sua procura, mesmo que isso leve toda a minha vida.

Os outros cavaleiros se levantaram e fizeram a mesma promessa. O Rei Artur sabia que aquilo seria o fim da Távola Redonda: muitos cavaleiros iriam morrer na busca ou não conseguiriam voltar. Chorou ao se despedir dos seus valorosos homens. Doía-lhe separar-se dos melhores cavaleiros que já haviam se reunido, e em tão boa camaradagem.

– Consolai-vos, senhor – disse Sir Lancelote. – Uma vez que todos temos mesmo de morrer um dia, é melhor que seja nessa procura. Nada seria mais honroso.

Apesar dessas palavras, o rei permaneceu inconsolável, como também toda a corte. Mas a promessa já estava feita. Algumas damas quiseram acompanhar seus cavaleiros, porém um velho, vestindo trajes religiosos, trouxe uma mensagem do eremita que acompanhara Galahad:

– Senhores, vós deveis saber que a procura do Santo Graal é uma tarefa muito difícil e cheia de perigos. Além disso, quem não estiver limpo de pecado não verá seus mistérios. Empreitada tão arriscada e incerta deve contar somente com a participação dos homens.

Depois da missa, no dia seguinte, desfilaram pelas ruas de Camelot os cento e cinquenta cavaleiros da Távola Redonda. Partiram, em meio às lágrimas de tristeza de todo o povo, do rei e, especialmente, da rainha, muito aflita pelo seu cavaleiro, Sir Lancelote. Mais adiante despediram-se uns dos outros, e cada qual tomou seu caminho.

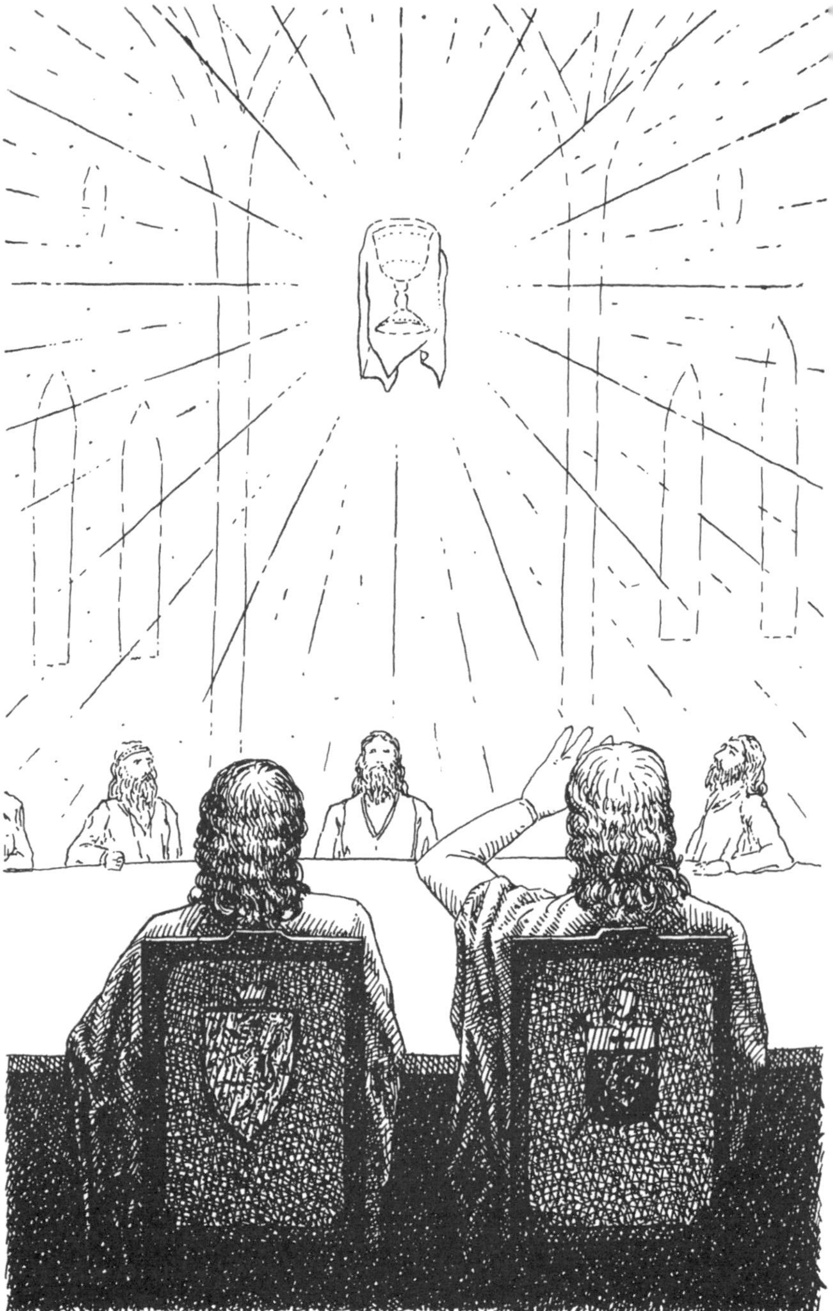

Capítulo 11
O escudo branco

Galahad continuava sem escudo e não lhe sentia a falta. Depois de cavalgar alguns dias chegou a uma abadia onde já se encontravam dois dos cavaleiros da Távola Redonda, o Rei Bagdemagus e Sir Uwaine, que lhe contaram que naquele lugar havia um escudo que ninguém usava sem que lhe acontecessem coisas gravíssimas no prazo de três dias.

– Vou experimentar esse escudo amanhã – disse o Rei Bagdemagus a Galahad. – Se me acontecer alguma coisa, tu completas minha aventura.

No dia seguinte, depois da missa, um monge os levou ao lugar onde estava o escudo. Era branco como a neve e tinha uma cruz vermelha no centro. E o monge mais uma vez preveniu que apenas o melhor cavaleiro do mundo poderia usá-lo, mas o Rei Bagdemagus, insistindo em testá-lo, saiu do mosteiro com o escudo, pedindo a Galahad que ali ficasse à sua espera. Pouco adiante, encontrou um cavaleiro com uma armadura branca, montado num corcel também todo branco, que vinha em sua direção a toda brida, com a lança em riste. Após derrubar e ferir o Rei Bagdemagus no ombro, o cavaleiro lhe disse:

– Fizestes uma loucura. Esse escudo só pode ser usado por um cavaleiro sem par.

– Pelo amor de Deus, por quê? Quem sois?

– Não posso dizer quem sou. Mas já que pedis em nome de Deus, digo que esse escudo é de Sir Galahad.

O escudeiro do Rei Bagdemagus galopou então até o mosteiro levando o escudo e uma mensagem de seu senhor, contando o que se passara.

Imediatamente, Sir Galahad pegou o escudo, montou seu cavalo e veio em socorro do rei. Logo encontrou o cavaleiro branco à sua espera, não para um combate, mas para uma conversa. Após as saudações, o estranho contou-lhe a lenda do escudo:

– Senhor, esta peça foi feita por José de Arimateia trinta e dois anos depois da Paixão de Nosso Senhor Jesus Cristo. Mais tarde, esse piedoso homem a ofertou a um rei chamado Evelake, que combatia os sarracenos, dizendo que, se Evelake se convertesse à fé dos cristãos, o escudo o protegeria. Ele era, até então, inteiramente branco. Em sua primeira batalha com o escudo, Rei Evelake o levou coberto com um pano, conforme as instruções recebidas de José de Arimateia. No momento de maior perigo, porém, ele o descobriu, e seus inimigos viram a figura de um homem crucificado, o que os confundiu tanto, que foram derrotados. E ainda um soldado ferido, cuja mão fora amputada, tocando o escudo, conseguiu, milagrosamente, recuperar sua mão. Depois dessa maravilha, a cruz do escudo desapareceu. O Rei Evelake converteu-se então ao cristianismo e, como ele, todo o povo da cidade. Pouco tempo depois, José de Arimateia partiu, e o rei o acompanhou, por amor a ele e a Nosso Senhor. Quando chegaram aqui, nesta terra, José ficou muito doente. Todos sabiam que brevemente iria morrer. O Rei Evelake, entristecido, pediu-lhe, então, que lhe deixasse uma lembrança. Para atendê-lo, José fez uma cruz com seu próprio sangue no escudo branco – só assim manteria para sempre um vermelho tão nobre e brilhante como naquele momento. Essa era sua lembrança; mas o escudo não deveria ser usado por ninguém até que aparecesse Galahad, o melhor dos cavaleiros e seu último descendente.

Depois desse relato, o cavaleiro misterioso concluiu:

– Finalmente, chegou esse dia. Sois o legítimo dono do escudo, que estava à vossa espera há tanto tempo! – E, despedindo-se, desapareceu.

Sir Galahad, agora completamente armado, sentia-se em plenas condições para enfrentar qualquer perigo que encontrasse na busca do Santo Graal. Imediatamente montou em seu cavalo e partiu.

Capítulo 12
A luz na capela

Nessa ocasião, Lancelote e Persival achavam-se embrenhados numa densa floresta à procura de uma velha eremita que, segundo lhes foi dito, poderia saber alguma coisa a respeito do Cálice Sagrado.

Sentiam-se sonolentos com o trote de seus cavalos naquela tarde quente, quando, subitamente, surgiu um cavaleiro de trás de uma enorme árvore.

Surpreso e assustado, Lancelote empunhou a lança num gesto rápido e avançou sobre o estranho. No choque da lança com o escudo do adversário, Lancelote teve sua arma partida em pedaços e foi ao chão, sem que o desconhecido cavaleiro tivesse ao menos movido sua mão.

Persival, ao tomar o lugar do amigo, também foi repelido com um único e violento golpe de espada que o derrubou.

A velha eremita procurada por Lancelote e Persival assistira à luta sem ser notada e, no momento em que o cavaleiro estranho depôs seus adversários, disse, em voz alta:

– Galahad, Deus te abençoe, és o melhor cavaleiro do mundo! E se aqueles dois houvessem te reconhecido, não lutariam contigo.

Contrariado pela revelação de sua identidade, Galahad saiu em disparada, pois desejava estar sozinho em sua busca e sabia que os outros iriam querer se juntar a ele. Lancelote e Persival foram imediatamente em seu encalço sem, no entanto, obter sucesso. Sir Persival então decidiu procurar a ermitã, para que ela lhe desse notícias de Galahad.

Enquanto isso, Sir Lancelote, sozinho, vagava pela floresta, quando ao fim de algum tempo chegou junto a uma cruz, ao lado da qual havia uma capela. O Cavaleiro do Lago apeou, amarrou o cavalo, tirou o escudo e se aproximou da igrejinha. A porta estava quebrada e não era possível entrar. Mas podiam se ver lá dentro um belo altar, enfeitado com seda, e um grande castiçal de prata com seis velas, brilhando intensamente.

Lancelote voltou então para o lugar onde deixara o cavalo, tirou os arreios do animal e o soltou para que ele pastasse à vontade. Desatou o elmo, tirou a espada da cintura, recostou-se no escudo e cochilou ali junto à cruz. Durante esse estado de sonolência, teve uma visão: dois corcéis brancos muito bonitos vinham em sua direção, carregando uma liteira, onde estava deitado um cavaleiro doente que se lamentava:

– Ó Senhor, quando essa tristeza me deixará? E quando virá o Vaso Sagrado que me abençoará? Há tanto tempo estou sofrendo por uma ofensa tão pequena...

Enquanto o cavaleiro se lamentava, Sir Lancelote viu que o castiçal de seis velas saíra da capela até a cruz, do lado de fora, sem que ninguém o carregasse. Acompanhava-o uma mesa de prata, com o Santo Graal. Quando esses objetos se aproximaram, o cavaleiro doente se sentou, juntou as mãos e rezou. Em seguida ajoelhou-se, beijou o cálice e imediatamente ficou curado.

Depois de permanecer imóvel durante algum tempo, o Santo Graal voltou para a capela com o candelabro e as velas.

Nesse momento, o cavaleiro doente levantou-se, vestiu-se e beijou a cruz. Seu escudeiro, ainda surpreso, perguntou-lhe como se sentia, e ele respondeu:

– Estou muito bem. Preocupa-me esse cavaleiro adormecido que não acordou nem mesmo quando o Vaso Sagrado apareceu. Coitado, é um infeliz! E parece que é da Távola Redonda, um dos que andam à procura do Santo Graal...

– Deve estar cheio de pecados – disse o escudeiro. – Acho também que podeis tomar as armas dele, já que eu não trouxe as vossas... Ele nem consegue se levantar!

O cavaleiro concordou e, trocando seu cavalo pelo dele, que era superior, partiu com o elmo e a espada de Lancelote.

Logo que eles saíram, Sir Lancelote acordou. Muito confuso, não sabia se havia sonhado ou se de fato presenciara toda aquela cena. Então ouviu uma voz que dizia:

– Sir Lancelote, retira-te deste lugar sagrado!

Perturbado, começou a chorar, sentindo-se desonrado. Procurou o elmo e a espada e, ao constatar que haviam desaparecido, sua vergonha aumentou.

– Meu Deus, meu Deus! – lamentava-se ele. – Meu pecado e minha maldade me trouxeram a esta desonra. Toda a vida só procurei aventuras por motivos mundanos e desejos materiais. Agora que busco algo sagrado, meu pecado me cobre de vergonha, a tal ponto que nem consigo me mover quando o Vaso Sagrado aparece diante de mim...

Não encontrando também seu cavalo, acreditou que Deus estava mesmo triste com ele e, consternado, saiu caminhando pela floresta até encontrar um velho ermitão a quem se confessou. Contou que há anos amava uma rainha mais do que devia, pois ela era casada, e que tinha sido sempre por amor a ela que enfrentara perigos e praticara grandes feitos. Em todas as suas batalhas, buscava sempre a vitória para que ela se orgulhasse dele e o amasse. O pobre Sir Lancelote confessava seu amor por Guinever e chorava, arrependido de sua vergonha e desventura.

O ermitão o consolou: se ele estivesse firmemente decidido a evitar a rainha, seria ainda um cavaleiro honrado.

– Mas toma cuidado! – avisou o velho sábio. – É preciso que teu coração e tua boca estejam inteiramente de acordo e cumpram fielmente essa promessa. Em todo o mundo não existe cavaleiro a quem Nosso Senhor tenha concedido tantas graças. Ele te deu beleza, coragem, inteligência, capacidade de distinguir o bem do mal. E sempre te deu trabalho, Sir Lancelote, tanto trabalho que em todos os dias da tua vida tiveste muito o que fazer e sempre te coube a melhor parte de tudo, em qualquer lugar que estiveste. Tudo isso é uma grande bênção. Mas agora precisas reconhecer a bondade de Deus. Quando o Santo Graal foi levado à tua presença, Sir Lancelote, não achou em ti nem bons frutos, nem bons pensamentos, nem bons desejos. Só achou manchas de pecado.

– São palavras verdadeiras – concordou Lancelote. – Mas agora estou arrependido e prometo seguir as leis da Cavalaria.

Assim, depois de rezar o resto do dia, Sir Lancelote partiu na manhã seguinte, com seu cavalo e suas armas, devolvidos pelo ermitão.

Durante muito tempo o Cavaleiro do Lago cavalgou em busca do Santo Graal, vivendo grandes façanhas, por terra e por mar. Foi no mar que encontrou seu filho Galahad e, por alguns meses, seguiram juntos, dedicando-se aos serviços de Deus e enfrentando os riscos que lhes eram impostos, até ouvirem, um dia, uma voz que lhes anunciava: era chegada a hora de se separarem para sempre. Sir Galahad continuaria sua viagem por terra, e seu pai continuaria no navio. Deveria aportar próximo a um castelo, onde sua última aventura o aguardava.

Pouco tempo depois, Lancelote chegou ao castelo do Rei Pelles e ali, mais uma vez, viu aquela luz intensíssima e sentiu o odor de suaves perfumes que, ele sabia, indicavam a proximidade do Santo Graal. Mas novamente uma voz lhe disse para se afastar: ele não era digno de ver mais do que aquilo. Chegou a ver anjos segurando velas ao lado da mesa em que o cálice jazia, coberto por um brocado vermelho. Tentou se aproximar, mas uma lufada de ar misturado com fogo o derrubou, deixando-o por vários dias como morto. Compreendeu, então, que não estava destinado a ver do Vaso Sagrado mais do que já vira.

Quando voltou a Camelot, encontrou a corte enlutada, pois mais da metade dos cavaleiros que partiram em busca do Santo Graal estavam mortos, enquanto outros voltaram sem nada obter. Alguns, como Sir Ector de Maris, Sir Uwaine e Sir Gawaine, viveram proezas maravilhosas. Mas de Sir Bors, de Sir Persival e de Sir Galahad ainda não havia notícias.

Sir Lancelote narrou então a todos os presentes suas aventuras e tudo o que sabia sobre Galahad e os outros.

Capítulo 13
O encontro do Santo Graal

Persival, Bors e Galahad empreendiam sua busca separadamente, ora correndo perigo, ora encontrando maravilhas, ora deparando toda espécie de sinais estranhos. Não tinham tido, porém, nenhuma visão do Santo Graal.

Sir Persival, certa vez, soube que Sir Galahad estava na mesma floresta que ele. Procurou-o sem descanso e, finalmente, ao sair da mata, o encontrou. Mais adiante, numa encruzilhada, encontraram Sir Bors.

Cavalgando chegaram os três ao castelo do Rei Pelles, onde Sir Lancelote já estivera. O rei muito se alegrou com a vinda do neto e dos dois outros cavaleiros, porque sabia que a busca do Santo Graal estava agora chegando ao fim e, com ela, a sua dor. Fazia muitos anos que Pelles sofria de uma grave moléstia, da qual só se curaria pelas mãos de Galahad, se ele conseguisse alcançar o Cálice Sagrado.

Quando se preparavam para cear com toda a corte, ouviu-se uma voz que dizia:

– Levantai aqueles que não devem se sentar à mesa de Jesus Cristo! Agora os verdadeiros cavaleiros vão ser alimentados.

Ficaram então apenas o Rei Pelles, seu filho Eliazar e os três cavaleiros recém-chegados.

Nesse momento, entraram no salão nove cavaleiros que se dirigiram a Sir Galahad, dizendo que vinham para compartilhar do alimento sagrado. Três deles, disseram, vinham da Gália, três da Irlanda e três da Dinamarca.

Novamente ouviu-se a voz:

– Ainda estão aqui dois que não estão incumbidos da procura do Santo Graal. Deixai-os sair.

Saíram o Rei Pelles e o seu filho e, no mesmo instante,

apareceu na sala um homem vestido como um bispo, trazendo uma cruz nas mãos. Quatro anjos o transportaram até uma mesa de prata sobre a qual se encontrava o Santo Graal.

Ainda uma vez a mesma voz se fez ouvir:

– Este é José, o primeiro bispo da cristandade, o mesmo que foi socorrido por Nosso Senhor na cidade sagrada de Sarras.

Os cavaleiros ficaram estupefatos, porque esse homem morrera havia mais de trezentos anos. Ele lhes disse, entretanto, que não se espantassem.

Entraram então mais anjos, trazendo iguarias para a mesa. O bispo elevou um pedaço de pão, e os cavaleiros viram ali o rosto de um menino, brilhante como o fogo. Em seguida beijou Sir Galahad, pedindo-lhe que beijasse os outros, e convidou-os a cear.

No final da refeição, a forma perfeita de um homem, com todos os sinais da Paixão de Cristo, saiu do Vaso Sagrado; até mesmo das suas chagas escorria sangue.

– Meus cavaleiros e meus servos, meus filhos fiéis que atingistes a vida espiritual! – disse a aparição. – Não mais me esconderei de vós. Mostrarei alguns dos meus segredos e vos darei o alimento que tanto desejais. – E, dirigindo-se a Galahad, perguntou: – Filho, sabes o que tenho nas mãos?

– Só se me disserdes, Senhor...

– É a vasilha em que comi o cordeiro na Última Ceia. Mas muito ainda podes ver na cidade de Sarras, o lugar sagrado. É para lá que deves ir, levando este Vaso, que não mais deve permanecer aqui. Tu partirás esta noite, de navio, com Sir Persival e Sir Bors. Ninguém mais. Dois dentre vós morrerão a meu serviço. Um, porém, voltará a Camelot, para levar as notícias.

Dizendo essas palavras, abençoou a todos e desapareceu.

Galahad, Persival e Bors partiram do castelo naquela mesma noite. Quando chegaram ao litoral, o navio já estava à espera deles, com a mesa de prata e o Santo Graal, coberto de brocado vermelho. Subiram a bordo, reverenciaram os objetos sagrados e partiram.

Navegaram até a cidade de Sarras e, logo ao desembarcar com a mesa, pediram a um velho que os ajudasse a carregá-la.
– Como posso, senhor? Há mais de dez anos só ando de muletas – respondeu o velho.
– Não te incomodes – disse Sir Galahad. – Basta mostrar tua boa vontade.
O velho levantou-se e andou, como se houvesse rejuvenescido.
Rapidamente esse fato foi divulgado por toda a região e atribuído aos poderes do Santo Graal. Mas o soberano do lugar era um tirano e mandou prender Bors, Persival e Galahad. No fim de um ano, o rei adoeceu. Sabendo que ia morrer, arrependeu-se do seu gesto mau, chamou os três cavaleiros, libertou-os e pediu-lhes perdão.
Morto o rei sem deixar herdeiros, a população foi tomada de grande aflição, sem saber quem iria governá-los. No momento em que o conselho de nobres se reunia, ouviu-se uma voz que aconselhava: o mais jovem dos três cavaleiros estrangeiros devia ser escolhido como soberano.
Assim Galahad tornou-se o rei de Sarras. Ordenou então que a mesa de prata fosse colocada dentro de uma arca de ouro, toda trabalhada com pedras preciosas, para proteger o cálice. E ali, todas as manhãs, os três cavaleiros rezavam.
Um ano depois de ter sido escolhido rei, quando Sir Galahad preparava-se para rezar, encontrou diante da arca um homem ajoelhado, vestido como um bispo e cercado de anjos.
– Vem, Galahad, servo de Cristo – chamou ele. – Chegou a hora de ver o que tanto desejas.
Galahad, tremendo, levantou as mãos para o céu e disse:
– Senhor, se essa é a vossa vontade, não desejo mais viver.
– Sabes quem sou eu? Sou José de Arimateia. Nosso Senhor enviou-me a ti para guiar-te, a ti e não a outro, porque te assemelhas a mim em duas coisas: foste capaz de ver as maravilhas do Santo Graal e és puro como eu.

Ouvindo isso, Galahad dirigiu-se a Bors e a Persival, despedindo-se:

– Levai meus cumprimentos a meu pai, Sir Lancelote, e, assim que o virdes, dizei-lhe para se lembrar de que o mundo é ilusório.

Depois, ajoelhou-se diante da arca e rezou. De repente, sua alma partiu para junto de Cristo, levada por uma multidão de anjos. No mesmo momento, os dois cavaleiros viram descer do céu uma belíssima mão que apanhou e levou o Vaso Sagrado. Desde esse dia nunca mais um homem pôde dizer que viu o Santo Graal.

Sir Bors e Sir Persival ficaram inconsoláveis com a morte de Sir Galahad. Sir Persival resolveu retirar-se para viver como ermitão, morrendo um ano depois. Enquanto viveu, Sir Bors o acompanhou e, após a sua morte, embarcou para Camelot, onde contou ao Rei Artur o que tinha acontecido nas aventuras do Santo Graal e transmitiu a mensagem de Sir Galahad ao seu pai.

– Tudo o que quero – disse Lancelote – é juntar-me a meu filho na vida perene e verdadeira.

Quarta parte
A morte de Artur

Capítulo 14
Sir Lancelote parte

Com o fim das aventuras em busca do Santo Graal, todos os cavaleiros sobreviventes voltaram à corte, onde houve muitas festas, celebradas com alegria. Somente Sir Lancelote e a Rainha Guinever guardavam imensa tristeza. O retorno do Cavaleiro do Lago fez reacender em ambos o antigo amor, ainda mais forte e ardente, o que amargurava terrivelmente o cavaleiro, pois ele havia jurado ao ermitão afastar-se da rainha. Esta, por sua vez, não compreendia a frieza do amante e procurava atraí-lo, em vão.

Enquanto isso os olhares pérfidos de Sir Agravaine e de Sir Mordred não deixavam de segui-los, aproveitando ou criando oportunidades para incriminá-los e atrair a suspeita de outros cavaleiros sobre o caráter da rainha e de Lancelote.

Mas, com a chegada da primavera, época em que os corações florescem e se alegram com a proximidade do verão, Sir Lancelote, incapaz de manter sua promessa, cedeu aos apelos do coração. Para Sir Agravaine e Sir Mordred, era a oportunidade que esperavam, pois passaram a insinuar que o rei estava sendo traído e que era preciso alertá-lo.

– Por favor, senhores. Peço-vos que não continueis a dizer tais coisas na minha presença. – interrompeu Sir Gawaine, irritado.

E todos os outros cavaleiros foram da mesma opinião.

– Pois então nós o faremos! – disseram Mordred e Agravaine. – O rei tem de saber.

– Seria horrível que houvesse uma guerra entre nós e Sir Lancelote – ponderou Sir Gawaine. – Muitos nobres ficariam do lado dele. Eu mesmo devo a ele minha vida. Não podemos esquecer tantas boas ações praticadas por tão valoroso cavaleiro.

Atraído pela discussão acalorada que se seguiu, o rei entrou no salão. Nesse momento Sir Gawaine e todos os outros cavaleiros pediram permissão para se retirar, e saíram.

Era a grande chance aguardada por Agravaine e Mordred, que, imediatamente, relataram o que sabiam das relações de Lancelote com a rainha.

Artur, que dedicava tanta afeição a Lancelote e devia tanto à sua bravura, preferiu não os levar a sério, mas os dois muito insistiram e propuseram um plano: o rei sairia para caçar, dizendo à rainha que não voltaria senão no dia seguinte; Sir Mordred e Sir Agravaine ficariam escondidos próximo aos aposentos da rainha esperando por Sir Lancelote, para então desmascará-la. O rei concordou, embora a contragosto.

Na verdade, a intenção dos cavaleiros intrigantes não se resumia em surpreender Lancelote em falta grave, mas matá-lo, e para isso contavam com o auxílio de doze homens.

Conforme o previsto, Lancelote foi surpreendido a caminho dos aposentos de Guinever, mas reagiu e lutou bravamente. Embora sozinho e sem armadura, matou na luta Agravaine e seus doze companheiros. Mordred, apenas ferido, sem demora procurou Artur, a quem relatou o ocorrido.

O rei foi então tomado de imensa dor, pois via a um só tempo desfazer-se para sempre a Távola Redonda – já que muitos

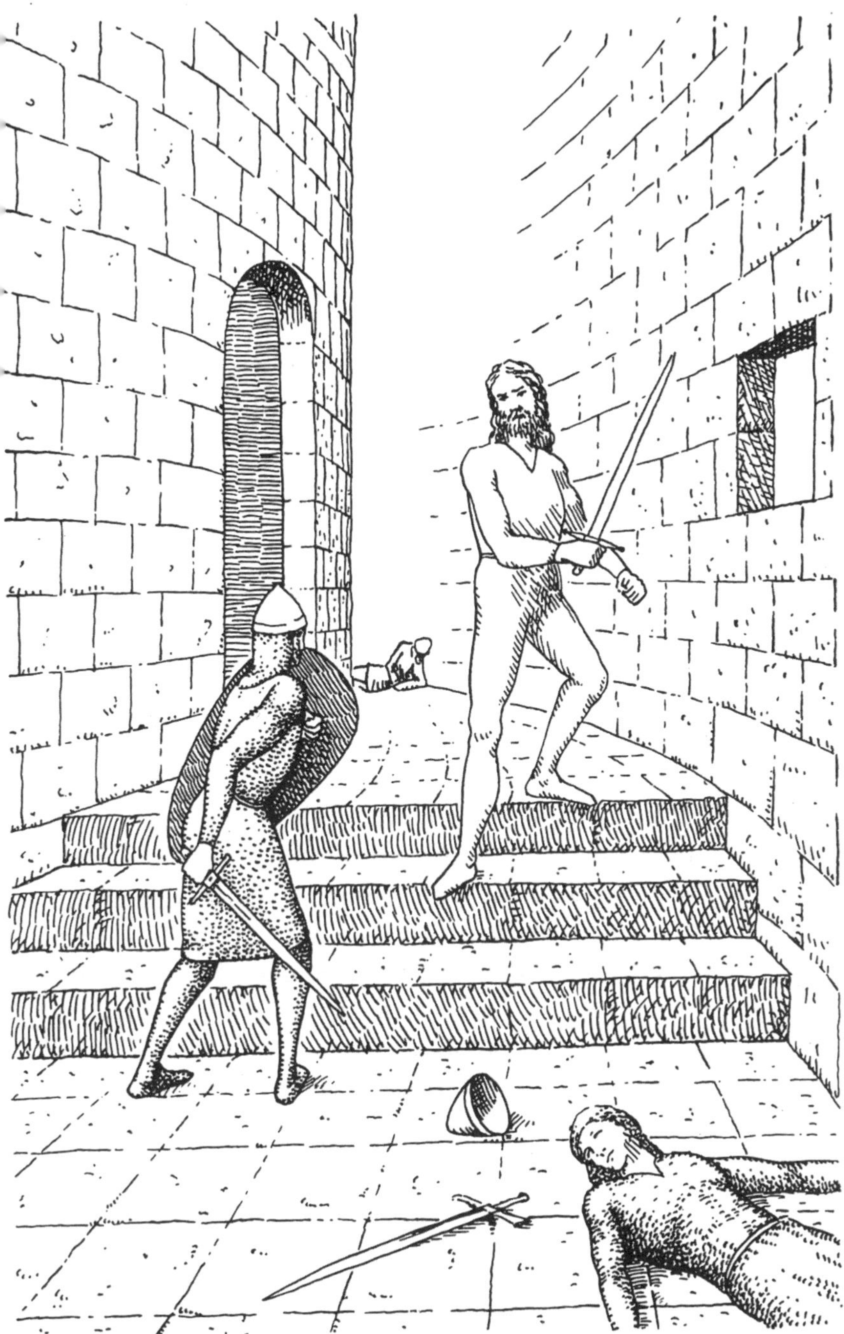

cavaleiros seguiriam Sir Lancelote – e o seu casamento. Como soberano, cabia-lhe fazer cumprir a lei, que previa a morte na fogueira para o crime de adultério. Fez chamar seus sobrinhos Gaheris e Gareth e ordenou-lhes que escoltassem Guinever para a morte.

Julgando falsas as provas apresentadas por Mordred, os nobres irmãos imploraram pela misericórdia de Artur. Mas todos os seus apelos e os de outros cavaleiros presentes foram inúteis. Restou-lhes apenas dizer:

– Iremos, senhor, porque é vossa ordem. Mas é contra a nossa vontade. Não levaremos armas, como símbolo dessa missão de paz. – E retiraram-se, chorando amargamente.

Mordred, no entanto, não gozava da confiança de muitos cavaleiros da corte de Artur, que, sem demora, trataram de informar Lancelote sobre a dura decisão do rei. Por isso, no momento em que Guinever era levada para a morte, surgiu Lancelote acompanhado dos seus partidários, que lutaram até libertar a rainha, fugindo em seguida com a dama condenada.

Na luta feroz que se travou, morreram muitos bravos cavaleiros, entre eles Sir Gareth e Sir Gaheris, que não estavam armados nem sequer puderam reagir.

O Rei Artur ficou desolado com a morte de tantos cavaleiros, principalmente de seus sobrinhos.

– Quem me dera essa guerra nunca tivesse começado! – lamentava-se ele. – Meu coração está pesado por todos os cavaleiros e amigos que perdi e ainda vou perder... Posso vir a desposar outra mulher, mas nunca terei um grupo de companheiros tão valorosos. Ah, por que dei atenção a Mordred e a Agravaine? E quando Gawaine souber que seus irmãos, Gaheris e Gareth, tão bons e leais, tão queridos, tão amigos de Lancelote, também foram mortos, será o fim de tudo...

Sir Gawaine, ao ser informado da morte dos seus irmãos, não só jurou que não daria descanso ao Cavaleiro do Lago, como também influenciou Artur a não receber todas as missões de paz enviadas por Lancelote.

Deflagrou-se uma guerra encarniçada entre os outrora tão unidos cavaleiros da Távola Redonda. Centenas de feridos e mortos de ambos os lados tornaram tão famosa a contenda, que chegou ao conhecimento do papa. Em pouco tempo uma ordem papal veio de Roma até Camelot: que cessassem imediatamente as hostilidades.

O Rei Artur e Sir Lancelote, então, encontraram-se para firmar a paz. Lancelote declarou seu arrependimento com toda a sinceridade e trouxe a Rainha Guinever para entregá-la ao rei. Artur prometeu aceitá-la como ordenava o pontífice. As palavras que Sir Lancelote disse na ocasião foram tão sentidas e emocionantes, que todos em volta choraram copiosamente; nem mesmo Artur conseguiu conter as lágrimas que lhe escorriam pelo rosto.

Entretanto, o rei também prometera a Sir Gawaine que ele poderia vingar a morte dos irmãos, desde que não empregasse violência. Impaciente, Gawaine aproximou-se e, apesar de toda a emoção do momento, disse com altivez:

– Podes pedir perdão e prometer penitências, Lancelote, podes mesmo amolecer o coração do rei e de todos os outros, mas o meu continuará duro. Como Sua Majestade fez uma promessa ao papa e eu devo respeitá-la, sairás daqui com vida. Mas o rei também me fez uma promessa, e nós temos um acordo. Eu devo te dar uma punição: serás banido. Não poderás ficar nesta terra mais do que quinze dias; irás embora para sempre e nunca mais porás os pés neste chão. Assim pagarás pela morte de meus irmãos.

As lágrimas marcaram o rosto de Lancelote, que, com humildade, aceitou o exílio que lhe foi imposto. Despediu-se de sua terra querida e dos amigos, Dirigiu-se também à Rainha Guinever, diante de todos, dizendo:

– Senhora, despeço-me de vós para sempre. Mas se algum dia fordes atacada por falsas línguas, mandai-me uma palavra. Pois, se algum cavaleiro não puder guerrear para libertar-vos, eu vos libertarei! – E, depois de beijar a mão de Guinever, olhou em volta e gritou: – Quero agora ver se existe alguém capaz de dizer, aqui, neste momento, que a rainha não é fiel a meu senhor e meu rei!

Ninguém se moveu. Lancelote, então, uniu a mão direita de Guinever à mão direita de Artur. Montou o seu cavalo e partiu. Seus cavaleiros, solidários, acompanharam-no às suas terras na França, declarando que nunca o abandonariam, nem por bem, nem por mal.

Não houve uma única pessoa na corte que não chorasse, exceto Sir Gawaine.

Capítulo 15

Sir Gawaine se vinga

Apesar da promessa, Gawaine não se conformava com o fato de Sir Lancelote ter escapado com vida e acabou por convencer Artur a embarcarem juntos para a França, à frente de uma grande hoste, para combater o Cavaleiro do Lago. Para governar a Inglaterra durante a ausência do rei, ficava no trono Sir Mordred, também encarregado de olhar pela Rainha Guinever. Assim, em pouco tempo, Artur e Gawaine estavam do outro lado do mar, queimando e devastando tudo o que podiam. Tão logo a notícia chegou a Sir Lancelote, seus cavaleiros o aconselharam a combater o inimigo e a dar-lhe um castigo exemplar.

– Estou farto de derramar sangue cristão – foi a resposta de Sir Lancelote, senhor e governante de todos eles. – Prefiro mandar um mensageiro de paz a Artur.

Escolheu para esse fim uma formosa donzela. A moça foi recebida por Sir Lucan, que ficou imensamente feliz ao saber que ela vinha com uma proposta de paz da parte de Sir Lancelote. Levou-a à presença do rei, mas temia que Sir Gawaine, mais uma vez, impedisse um bom entendimento.

Quando a jovem terminou a transmissão da mensagem, os olhos do rei estavam umedecidos pela emoção. Todos os cavaleiros encheram-se de alegria, acreditando que o rei aceitaria o acordo de paz. Mas Sir Gawaine se interpôs:

– Meu senhor e meu tio, como podeis aceitar semelhante proposta, depois de termos vindo até aqui numa empreitada tão arriscada? Todos irão falar de nossa covardia...

Artur concordou, amargurado, e pediu que Gawaine respondesse a Lancelote. Satisfeito, o cavaleiro dirigiu-se à jovem:

– Dize a Sir Lancelote que agora é muito tarde para a paz. E dize também que eu, Sir Gawaine, juro por Deus e pela Cavalaria que não deixarei de persegui-lo, até que ele me mate ou eu a ele.

No dia seguinte, a fortaleza de Lancelote estava cercada. Por todos os lados as tropas do Rei Artur erguiam escadas para o assalto. O cerco se prolongou por seis meses, com combates acirrados e perdas de muitas vidas, tanto entre os que atacavam quanto entre os que defendiam a cidadela.

Finalmente, um dia, Gawaine se aproximou do portão da cidade sitiada e desafiou Lancelote a travar um combate solitário com ele.

Lancelote não tinha escolha. Mandou selar seu melhor cavalo, armou-se e foi para o portão da torre. De lá, gritou para Artur:

– Meu senhor, nobre rei que fez de mim cavaleiro! Deus sabe que eu sempre quis vos poupar e venho evitando enfrentar vossos cavaleiros. Mas agora não posso mais suportar. Sir Gawaine me acusa de traição e é preciso que eu me defenda!

– Sir Lancelote, tu provocaste a guerra! Vem para a luta, assim aliviaremos nossos corações! – interrompeu Gawaine.

Então abriram-se os portões da cidade e saíram as tropas de Sir Lancelote. E eram tantos cavaleiros e tão bem armados que o rei admirou-se: Lancelote poupou-o porque quis, pois podia ter facilmente derrotado as hostes reais.

Combinou-se então que os contendores combateriam até que um dos dois caísse morto. Mas havia um fato desconhecido de todos. Muitos anos antes, um homem santo concedera uma graça a Sir Gawaine: todos os dias, das nove horas ao meio-dia, sua força triplicava. Por isso suas lutas eram sempre travadas dentro desse período.

Sir Lancelote, logo ao iniciar-se o combate, estranhou muito, pois parecia-lhe que, quanto mais lutavam, mais forte Sir Gawaine se tornava. Já temia uma derrota quando soaram os sinos ao meio-dia; Lancelote, que resistira bravamente até este momento, notando o enfraquecimento súbito do adversário, aproveitou para levá-la ao chão. Então tirou o elmo e retirou-se.

– Por que estás indo embora, traidor? – gritou Sir Gawaine.

– Não posso matar um cavaleiro caído, Sir Gawaine. Resistirei a ti, com a graça de Deus, quando estiveres bem novamente.

Daí a três semanas, já recuperado, Gawaine tornou a desafiar o Cavaleiro do Lago. Repetiu-se a mesma proeza: somente a duras penas conseguiu Lancelote defender-se do poder de seu adversário, até sua força mágica reduzir-se e ele ser gravemente ferido e derrubado. E por mais que Gawaine o injuriasse, chamando-o traidor, Lancelote se recusava a atacar um cavaleiro ferido que não podia se levantar.

Sir Gawaine levou um mês para recuperar-se e, quando se preparava para uma nova luta, Artur recebeu graves notícias da Inglaterra que o obrigaram a levantar acampamento e voltar para casa com toda a sua hoste.

Capítulo 16
A última batalha

Enquanto ocupava o trono da Inglaterra, Sir Mordred forjou cartas que, supostamente vindas da França, noticiavam a morte de Artur em combate com Lancelote. Sem perda de tempo convocou o Parlamento e o obrigou a escolhê-lo como novo rei. Mordred foi coroado em Canterbury e, mesmo diante do pasmo de todos, decidiu casar-se com Guinever.

Temendo por sua própria vida, a rainha não o contrariou. Com palavras doces persuadiu Mordred da necessidade de ir a Londres, encomendar o indispensável para as núpcias.

Ali chegando, Guinever se refugiou na fortaleza conhecida por Torre de Londres, que encheu de víveres para resistir a um longo cerco. E guarneceu seu refúgio de homens bem armados, enquanto mandava um mensageiro à França.

Quando Mordred soube que havia sido enganado, furioso, sitiou a Torre de Londres com suas tropas e promoveu diversos assaltos. Mas nem todas as forças convocadas por Mordred fizeram com que a rainha caísse em suas mãos novamente. O Arcebispo de Canterbury tentou interferir, fazendo-o lembrar-se de que o Rei Artur, na verdade, era seu pai e que seu casamento com Guinever seria uma terrível mancha para toda a Cavalaria. Mas nada dissuadia aquele homem fascinado pelo poder.

Nessa ocasião, Mordred teve notícias de que Artur levantara o cerco a Lancelote e estava voltando para a Inglaterra. Sob os argumentos de que o reinado de Artur era feito de guerras e com promessas de que o seu reinado traria paz e progresso, Mordred conseguiu reunir uma grande hoste e marchou para a cidade de Dover, onde desembarcariam os cavaleiros do Rei Artur.

Apesar da violência empregada por Mordred e seus homens contra o exército de Artur, ninguém conseguiu evitar seu desembarque e Mordred, covardemente, recuou.

Terminada a batalha, com muitos mortos de ambos os lados, descobriram Sir Gawaine gravemente ferido, e levaram-no à presença de Artur.

– Meu tio e meu rei! – disse ele, com esforço. – Bem sei que chegou o momento da minha morte e a culpa é minha, de minha precipitação e minha obstinação. Como por castigo, fui atingido no local exato do ferimento que recebi de Sir Lancelote. E sei que se ele estivesse convosco, esta guerra infeliz não teria começado, pois ele é o cavaleiro mais temido dentre todos e não teriam coragem de combater se ele estivesse ao vosso lado. Estou muito arrependido por ter-vos aconselhado a não firmar a paz. Por favor, meu tio, mandai que me deem papel, pena e tinta, para que eu possa escrever a Sir Lancelote de meu próprio punho.

E sob o olhar emocionado de todos os presentes, Gawaine, muito fraco, apoiou-se no braço amigo de Artur e escreveu uma carta ao Cavaleiro do Lago, dirigindo-se a ele como "flor dos mais nobres cavaleiros". Contando-lhe o que se passava, rogou-lhe perdão e fez um apelo para que ele atravessasse o mar com seus homens para salvar o Rei Artur. Só então morreu em paz.

No dia seguinte, teve lugar uma nova batalha entre as tropas de Artur e as de Mordred. Mais uma vez o rei alcançou a vitória, e seu inimigo retirou-se para Canterbury. Nova batalha deveria ser travada perto de Salisbury, na segunda-feira que se seguiria ao domingo da Santíssima Trindade.

Na véspera do combate, o rei teve um sonho que muito o impressionou: estava com suas roupas mais ricas, sentado numa cadeira presa a uma roda giratória. Sob a cadeira havia um poço fundo, cheio de cobras, vermes e animais selvagens. Subitamente a roda girou, atirando-o ao poço, e os animais o agarraram.

– Socorro! – gritou o rei.

Os escudeiros acorreram, mas o rei recomeçava a cochilar. Entre a vigília e o sono apareceu-lhe o fantasma de Gawaine, avisando que não combatesse no dia seguinte, porque morreria. Deveria propor a Mordred uma trégua de um mês; seria o tempo suficiente para que Lancelote chegasse com seus cavaleiros e garantisse a vitória do rei sobre o adversário.

Logo que acordou, Artur mandou chamar os nobres comandantes do seu exército e lhes contou o sonho e a visão. Todos foram unânimes: seria bastante prudente considerá-los como aviso. Então foram todos propor a Mordred uma divisão de terras. Ele teria imediatamente a Cornualha e Kent e, quando Artur morresse, herdaria toda a Inglaterra. Ficou acertado que o rei e seu inimigo se encontrariam entre os dois exércitos, e cada um levaria apenas quatorze pessoas.

Antes do encontro, Artur chamou seus homens e lhes disse:
– Se virdes alguém desembainhar uma espada, é porque algo não foi bem, e deveis atacar sem demora.

Avançou com o séquito, deixando seu exército preparado. Mordred havia feito igual recomendação às suas tropas, temendo uma cilada por parte do rei. Depois de firmado o acordo, os dois chefes tomavam vinho juntos, quando uma cobra saiu de trás de uma moita, assustando um cavaleiro que, rapidamente, puxou a espada da bainha para matá-la. Foi o sinal! À vista daquela espada desembainhada, as tropas de ambos os lados fizeram soar trompas, trombetas e buzinas e avançaram gritando, num grande tropel.

Deu-se a mais cruenta batalha que jamais se tinha visto em terra cristã. Ao cair a noite apenas dois dos cavaleiros de Artur restavam com vida, mas muito feridos: Sir Lucan, o mordomo, e o seu irmão Sir Bedivere. Nesse momento, Artur viu levantar-se Mordred, em meio aos cadáveres. Não se conteve e avançou para ele, gritando:
– Traidor, é chegada a tua hora!

Mordred sacou da espada e correu para o rei. No confronto, Artur atravessou o corpo de Mordred com a lança, matando-o, mas a espada do inimigo transpassara já o elmo e o crânio do rei, que caiu desmaiado.

Sir Lucan e Sir Bedivere tentaram desesperadamente levar Artur para uma capela próxima, junto à praia. Mas Lucan não resistiu aos ferimentos e morreu. Ouvindo o pranto de Bedivere sobre o cadáver do irmão, Artur abriu os olhos e murmurou:

– Não há tempo para lamentações. A morte de Sir Lucan me faz sofrer profundamente, mas minha hora também se aproxima. Sir Bedivere, toma Excalibur, a minha boa espada, leva-a e atira-a à água; retoma em seguida e conta-me o que viste.

– Meu senhor – respondeu Bedivere –, farei como me ordenais.

Mas, pelo caminho, o cavaleiro admirou-se do punho cravejado de pedras preciosas e lembrou-se de que Excalibur era uma espada encantada. Escondeu-a sob um arbusto e voltou, afirmando que jogara Excalibur na água.

– E o que viste? – perguntou o rei.

– Nada além da água e do vento, meu senhor.

– Não é verdade – disse o rei. – Volta lá, depressa, e faze como te foi ordenado.

Mais uma vez, Bedivere examinou a espada e, considerando que seria uma lástima perdê-la, voltou a escondê-la. E quando o Rei Artur lhe perguntou o que tinha visto, respondeu:

– Somente a ondulação da água e a agitação das ondas pelo vento, meu senhor.

– Traidor! Mentiroso! – disse o rei. – Foste capaz de trair-me duas vezes! Quem suporia que tu, que sempre me pareceste tão nobre e foste por mim tão querido, me trairias pela riqueza de uma espada! Volta lá, depressa! Tua demora põe em grande risco o meu destino.

Dessa vez, Bedivere atirou a espada na água, o mais distante que pôde. E viu com assombro um braço subir à superfície. A mão apanhou Excalibur, brandiu-a três vezes no ar e depois imergiu, levando-a consigo. Bedivere voltou e contou ao rei o que vira.

– Agora... ajuda-me a ir até a praia – pediu Artur.

Próximo à rebentação, uma barca aguardava, repleta de

belas damas encapuzadas, vestidas de negro. À frente das damas estava a Fada Morgana. Ao verem o rei mortalmente ferido, puseram-se a chorar.

– Põe-me na barca – pediu Artur.

Entre lamentos, Artur foi delicadamente disposto na embarcação.

– Ah, meu irmão, por que demoraste tanto? – perguntou Morgana.

Sob o impulso de remadores invisíveis, a barca foi se afastando. Na praia, Bedivere chorava:

– Meu senhor, não me abandoneis aqui sozinho no meio dos inimigos...

– Consola-te... Faze o que estiver ao teu alcance... Não contes mais comigo – disse Artur. – Vou para Avalon curar meus ferimentos, e, se tu não mais ouvires falar de mim, ora por minha alma.

A notícia da morte do Rei Artur espalhou-se por toda a Inglaterra. A Rainha Guinever retirou-se para um convento, onde passou o resto de seus dias, em orações.

Ao receber a carta de Sir Gawaine, Lancelote partira imediatamente com seus cavaleiros, mas já era tarde. Amargurado, procurou entrevistar-se com Guinever, no convento. A rainha, inconsolável, assumiu para ambos a culpa pela destruição da Távola Redonda. O Cavaleiro do Lago tomou a decisão de passar seus últimos anos entre jejuns e orações, encerrado em uma ermida, na esperança de redimir as suas graves faltas. Pouco tempo depois seu irmão, Sir Ector de Maris, o encontrou morto.

Quanto ao Rei Artur, dizem alguns que ele morreu e foi enterrado pelas rainhas do barco em uma pequena capela na Abadia de Glastonbury. Outros acreditam que Artur ainda vive e que retornará, um dia, de seu repouso em Avalon para governar a Inglaterra. Por isso, sobre o túmulo onde supostamente foi enterrado lê-se o epitáfio:

Aqui jaz Artur, rei que foi, rei que será.

QUEM FOI ARTUR?

Ambrosius Aurelianos. Talvez essa seja a verdadeira identidade do rei predestinado por um mago, abençoado ou amaldiçoado por fadas e fiel a Jesus Cristo.

Para entender atributos tão excêntricos, é preciso recuar mais de dois mil anos no tempo e saber que as ilhas britânicas já foram muito disputadas por povos de diversas origens.

Quando Júlio César ali chegou, faltavam ainda 56 anos para o nascimento de Cristo. As legiões romanas comandadas por aquele grande general enfrentaram, além do mau tempo, habitantes orgulhosos de suas tradições – os bretões. Duzentos anos antes os bretões, um povo celta, haviam migrado do continente para aquelas ilhas inóspitas, onde se refugiaram do crescente domínio de Roma. Mas a expansão do Império Romano iria alcançá-los também ali.

Mais de dois séculos transcorreram sem que os dominadores conseguissem impor sua língua e sua cultura àquela gente que, se não era hostil (como as tribos ameaçadoras que ocupavam a região da Escócia), preferia se submeter à autoridade dos seus próprios chefes, os druidas.

De qualquer forma, as ilhas britânicas eram muito distantes da capital do Império, que, enfraquecido por problemas internos, preocupava-se agora com os povos germânicos que lhe invadiam as fronteiras. A Grã-Bretanha ou *Britannia*, como a chamavam os latinos, foi então esquecida.

Não se pode dizer, entretanto, que os bretões foram deixados em paz. O domínio romano fora também a garantia contra invasores talvez mais inconvenientes. Valendo-se da agonia de Roma, ali desembarcaram hordas germânicas e escandinavas – saxões, anglos, frísios e jutos –, numa verdadeira onda imigratória que durou até o século VII.

E mais uma vez os bretões foram desapropriados. Empurrados para a Cornualha, para a região do País de Gales e para a ilha de Eire (nome celta da Irlanda), tiveram poucas chances de resistir.

Alguns valentes, no entanto, levantaram-se contra os invasores. Vortigern, Hengist, Horsa, Port, Cerdic e "o último dos romanos", Ambrosius Aurelianos, são alguns dos heróis da resistência aos anglos e saxões de que temos notícia. Foram todos derrotados. Mas sua atitude destemida diante de um inimigo muito superior tornou-os legendários.

Dentre todos, destacou-se Ambrosius Aurelianos, talvez descendente de uma família romana aristocrática, que lutou ao lado dos bretões. Seus feitos, transmitidos oralmente de geração para geração, tomaram proporções fabulosas, dignas de um deus.

Muito tempo depois, quando a cultura celta passou a ser registrada por escrito, Ambrosius, o personagem histórico, já era mencionado sob o nome de *Artor*, e referido como entidade divina.

O cristianismo, que desde o ano de 312 era a religião oficial do Império Romano, foi introduzido na Inglaterra no século VI. Evangelizados pelos missionários, os bretões, a princípio, não abandonaram suas crenças e, por algum tempo, os elementos da fé cristã e celta conviveram em seus espíritos.

É dessa forma, por exemplo, que o Caldeirão da Abundância, do deus-druida Dagda, deu lugar ao Cálice Sagrado de Cristo – que têm, ambos, o poder de nutrir com as melhores iguarias e iluminar espiritualmente.

A partir da Idade Média, as versões sobre a origem de Artur apresentam-no como descendente de Constantino I, o soberano que converteu o Império Romano ao cristianismo.

A história de Artur, afinal, é a história de um povo subjugado e incorporado à cultura de civilizações materialmente superiores. Mas os celtas eram poetas e acreditavam na imortalidade da alma. Portanto, eles venceram: Artur sobrevive como um dos mais poéticos personagens da literatura de aventura de todos os tempos.

QUEM É ANA MARIA MACHADO?

É uma escritora famosa. Famosa pelas suas histórias que encantam crianças e jovens de todo o Brasil.

Mas Ana Maria escreve também para gente grande: romances, artigos e críticas em jornais.

E nem podia deixar de ser assim: ouvir histórias estava no sangue da família. Desde menina, ela ouvia seus avós contarem histórias de... tudo... até inventadas na hora... Hoje, no entanto, Ana Maria prefere contá-las. E não só aos seus filhos, que já são grandes. Mas a todos nós, que saímos ganhando...

Para a Série Reencontro, Ana Maria também adaptou *As viagens de Marco Polo* e *Sonho de uma noite de verão*.

Em 2000, ganhou o Prêmio Hans Christian Andersen, o mais importante da literatura infantil mundial. Em 2003, Ana Maria Machado foi eleita para a cadeira número I da Academia Brasileira de Letras, consagrando o valor de sua extensa obra e a literatura infantojuvenil brasileira.